Chapitre 1

— Bruno, tu peux me déposer maintenant, ordonna Lilith Todd, qui finissait de chausser ses talons aiguilles.

Le chauffeur de l'antique Rolls Royce jeta un coup d'œil dans le rétroviseur. Il conduisait la famille Todd depuis l'époque des rues pavées et des calèches. Avant, il avait servi comme officier dans une armée d'Europe.

— Vous êtes sûre, mademoiselle Lilith ? Je peux faire de nouveau le tour du pâté de maisons, si vous voulez.

Lilith vérifia que la fermeture Éclair de sa robe dos nu était remontée jusqu'à la taille et regarda sa montre. Elle vit avec plaisir qu'elle avait battu son propre record de vitesse pour échanger l'uniforme de son école contre sa tenue de soirée.

— Bruno, j'ai dit maintenant !

— Bien, mademoiselle Lilith.

Bruno se gara sur la Sixième Avenue, devant une zone

réservée, délimitée par un cordon. Un voiturier qui portait l'uniforme des employés du Clocher, T-shirt de marque et veste de smoking noirs, se précipita pour ouvrir la portière.

Le club était installé dans une ancienne église construite par les barons de la finance. Et si, cent vingt-cinq ans plus tard, les gens riches et célèbres continuaient à franchir ses portes, c'était pour y vénérer désormais l'esprit et la beauté.

Bien que deux heures du matin soient largement passées, une foule d'admirateurs se pressaient tout en grommelant contre les malabars qui filtraient l'accès au club. Lorsque Lilith tendit ses longues jambes finement galbées vers le trottoir, les badauds amassés du mauvais côté se penchèrent pour ne pas rater la moindre trace de glamour, si fugace soit-elle.

Lilith monta les marches la tête rejetée en arrière ; ses longs cheveux blonds flottaient dans son dos tel le voile d'une mariée. Une fille poussa sa voisine du coude et la montra du doigt quand elle passa devant elles.

— Regarde ! Ça doit être une célébrité ! Ce ne serait pas…

— Non, j'pense pas, répondit l'autre en plissant les yeux comme un joaillier qui estime un diamant. Elle est trop jeune. Mais je suis sûre qu'elle est connue. Ou riche. Ou les deux.

Lilith mit la main sur sa bouche pour dissimuler son sourire. Oh, riche et connue, elle l'était, certes, mais pas de la façon dont ces ploucs de caillots* l'imaginaient!

Alors qu'elle atteignait le seuil, le gigantesque videur, récemment embauché tendit le bras et lui barra le passage.

— Avant de vous laisser entrer, jolie demoiselle, j'aimerais bien voir une pièce d'identité, dit-il en la déshabillant du regard.

Le voiturier monta l'escalier quatre à quatre pour lui taper sur l'épaule et lui chuchoter quelques mots à l'oreille. Lilith sourit en voyant la panique se peindre sur son visage.

— Je suis désolé, mademoiselle Todd, gargouilla la montagne de muscles en s'écartant. Je vous souhaite une excellente soirée, mademoiselle Todd.

Lilith traversa l'entrée aux lumières tamisées et se dirigea vers l'immense piste de danse qui occupait l'ancien chœur de l'église. Elle leva les yeux vers la cabine du DJ perchée sur la chaire et agita la main en direction du garçon. La musique assourdissante mettait les danseurs en transe.

Elle aperçut alors Sebastian, grand organisateur des soirées du club et chargé du salon VIP. Il se rua vers elle, tombant littéralement en extase.

---

* Les mots suivis d'un astérisque sont expliqués dans le lexique, p. 209.

— Lilith ! Ma chérie ! Tu es ravissante ! Quel bonheur de te voir ! hurla-t-il pour couvrir le martèlement des basses.

— Salut, Seb. Les autres sont là ?

— Jules vient d'arriver. Monte au Loft. Je t'ai fait chauffer ta boisson favorite.

— Tu es un amour ! répondit-elle en embrassant ses joues maigres du bout des lèvres.

— Je suis sûr que tu dis ça à tous les beaux organisateurs qui te laissent boire gratis ! rétorqua-t-il avec un clin d'œil.

Le salon VIP se trouvait dans la galerie supérieure. Dès son entrée, Lilith repéra son promis*, Jules de Laval, vautré sur un canapé. Vêtu d'un polo Armani aux manches roulées pour souligner ses biceps, il bavardait avec Tanith Graves, l'une de ses meilleures amies. Avec sa crinière blonde aux épaules, ses yeux verts, son nez droit parfait et sa mâchoire virile, Jules avait tout d'un acteur de cinéma, et il en jouait.

Tanith et Lilith adoraient se faire passer pour deux sœurs, une tâche facile tant elles se ressemblaient : même blondeur, même visage ovale, même bronzage artificiel et passion partagée pour la haute couture.

Assis près de Tanith se trouvait son petit ami, Sergueï Savanovic, un camarade de classe de Jules. Ses cheveux bruns mi-longs, ses yeux noirs et son penchant pour les pulls à col roulé et les pantalons en cuir lui donnaient une allure de poète russe. En fait, Sergueï était d'origine serbe, comme il le précisait dès qu'on lui posait la question.

Carmen Duivel et Oliver Drake se prélassaient sur le canapé en face. Le visage de poupée et les tresses cuivrées de Carmen offraient un contraste stupéfiant avec les cheveux filasse d'Oliver et ses airs de beau gosse un peu voyou. Comme beaucoup de couples de vampires, Oliver et Carmen sortaient ensemble simplement parce que chacun servait de faire-valoir à l'autre.

Jules se leva d'un bond.

— La voilà ! s'écria-t-il avec un grand sourire. Je commençais à me demander si tu ne t'étais pas fait coller.

— Que les Fondateurs* soient loués, nous sommes jeudi ! s'esclaffa Lilith tandis qu'ils s'embrassaient. Je ne sais pas comment les caillots supportent d'aller en classe cinq jours sur sept ! Qui manque encore ? ajouta-t-elle en regardant autour d'elle.

— Melinda, répondit Carmen.

Lilith leva les yeux au ciel.

— Tu m'étonnes ! Elle est toujours en retard.

— Ça te va bien de dire ça, toi qui n'es jamais à l'heure ! la taquina Jules.

— Moi, c'est par élégance, c'est tout à fait différent, mon chéri. Alors, qu'est-ce que j'ai raté comme scoop ?

— Oliver a réussi à avoir des entrées pour la soirée

privée de Victoria's Secret, annonça Carmen d'une voix excitée.

— Un des asservis* de mon père s'occupe de leur publicité, expliqua le garçon.

— Victoria's Secret ? Oh, pitié ! soupira Lilith avec une moue dédaigneuse.

— Ouais, justement, je me demandais si j'irais, déclara Carmen, soudain moins enthousiaste.

— Je vais chercher à boire pour effacer le mauvais goût que l'école m'a laissé dans la bouche. Ne racontez rien pendant ce temps-là, sinon il faudra tout me répéter.

Dès qu'il la vit s'approcher du bar aménagé dans les grandes orgues, le serveur se pencha au-dessus du comptoir et susurra :

— Comme d'habitude ?

— Évidemment !

Il lui tendit un verre rempli d'un liquide rouge qui pouvait passer pour du bordeaux. Lilith en renifla le bouquet, sourit et hocha la tête en signe d'approbation.

Quand elle revint, Melinda avait rejoint leur groupe d'amis. La fille d'Anton Sarcasse était d'une beauté fascinante : les yeux vert pâle, le teint café au lait, de somptueuses tresses africaines… Elle se tenait beaucoup trop près de Jules.

— Ah, Melinda, te voilà enfin ! s'écria Lilith en se glissant entre eux.

— J'ai dû passer chez moi me changer.

— Qu'est-ce que tu bois, Lilith ? s'enquit Sergueï.

— Du AB néga*, à température du corps, additionné d'un soupçon d'anticoagulant, juste comme je l'aime.

— Hum !

— Alors, comment se passent les cours ? demanda Jules.

— M'en parle pas ! gémit Lilith. Ça fait pas une semaine que le trimestre a commencé et ça craint déjà. Moi qui espérais qu'on nous traiterait enfin en adultes et qu'on aurait au moins droit à une sortie de classe, histoire de s'entraîner à traquer le gibier, il n'en est même pas question ! Alors que je peux déjà hypnotiser n'importe quel caillot de ce club avec une main attachée dans le dos !

Elle vida son verre d'un trait et se lécha sensuellement les lèvres.

— Si ça te manque à ce point-là, allons chasser*, suggéra Tanith. On trouve autant de dealers qu'on veut dans cette ville, de jour comme de nuit. Et personne ne se soucie de ce qui peut leur arriver.

— Et Washington Square est un terrain de chasse idéal, ajouta Jules d'un ton détaché en adressant un clin d'œil à Tanith.

Celle-ci répondit par un haussement de sourcils tout en se cachant de Lilith : elle savait ce qu'il en coûtait de répondre aux avances de Jules, même pour rire.

— Alors, qu'est-ce qu'on attend ? s'écria Lilith, feignant d'ignorer le manège de son promis.

Le mariage entre Lilith Todd et Jules de Laval, arrangé par leurs familles alors qu'ils étaient encore au berceau, était considéré comme l'alliance parfaite entre la puissance de la vieille Europe et la richesse du Nouveau Monde. Les Laval formaient la plus grande famille d'aristocrates de la ville. La lignée du père de Jules, le comte de Laval, remontait bien avant l'avènement de Clovis et il possédait encore des biens considérables dans sa France natale.

En revanche, bien que leur nom se soit écrit Todeskönig, « roi des morts » en allemand, jusqu'à leur arrivée en Amérique, les Todd ne possédaient pas la moindre goutte de sang royal, ce qui ne les empêchait pas d'être riches comme Crésus. En signant le contrat de mariage avec les Laval, le père de Lilith garantissait à sa fille une existence de princesse, ou du moins de comtesse, tandis que les Laval s'assuraient un afflux d'argent permanent qui leur permettrait de conserver leurs innombrables châteaux, manoirs et autres palaces.

Or cela n'empêchait pas Jules de s'intéresser aux autres filles, et même de les draguer.

— Si on y allait ce week-end ? reprit-il. Enfin, si les garçons sont invités.

— Tu sais bien que je ne peux pas me passer de toi, roucoula Lilith en se lovant contre lui.

Une sonnerie retentit. Jules sortit son portable et fronça les sourcils.

— C'est mon père. Va falloir que j'y aille.

Lilith tendit le cou pour essayer de lire le nom sur l'écran, mais Jules avait déjà éteint l'appareil.

— Depuis quand tu rentres chez toi dès que papa te siffle ?

— Depuis que je me suis planté à mon contrôle d'alchimie. Il m'a menacé d'annuler mon séjour au ski si je ne passais pas deux heures par nuit à travailler.

— On se voit demain soir ?

— Bien sûr.

Il se pencha pour lui dire au revoir. Lilith se redressa. Il passa la main derrière sa nuque et l'attira pour l'embrasser à pleine bouche. Après ce baiser torride, il la regarda droit dans les yeux et lui adressa son fameux sourire sexy.

— Faut que j'y aille, ma belle. Appelle-moi dès que tu te réveilles.

Lilith le suivit des yeux dans la salle bondée ; la foule s'écartait devant lui sans qu'il ait besoin de dire un mot. Elle se demanda s'il rentrait vraiment chez lui ou si c'était juste une excuse pour aller en rejoindre une autre. Il aurait tout le temps de sortir sans elle une fois qu'ils seraient mariés. Jusque-là, elle entendait bien avoir l'exclusivité. La simple idée qu'il puisse faire avec une autre fille ce qu'il faisait avec elle la rendait folle de jalousie.

Elle baissa les yeux vers ses mains et vit qu'elle crispait les poings.

Elle se leva.

— Excusez-moi. Je reviens tout de suite.

Les toilettes des dames du salon VIP, plus petites que celles du rez-de-chaussée, n'avaient que deux cabines et pas de miroir au-dessus des lavabos. D'un coup d'œil, Lilith vérifia que les lieux étaient déserts. Soulagée, elle rabattit le couvercle d'un WC pour s'asseoir et, d'une main tremblante, poussa le verrou de la porte.

Elle posa son sac Prada entre ses pieds et y chercha sa précieuse pochette à fermeture Éclair qui contenait un objet interdit dont ni ses parents, ni Tanith, ni même Jules ne soupçonnaient l'existence.

Il fallait qu'elle oublie son angoisse et reprenne confiance en elle. Tout le monde enviait sa vie de rêve. Pourtant, elle avait besoin d'un petit coup de pouce pour jouer constamment la fille, l'amie, l'élève et la fiancée modèles.

Elle sortit de la pochette un poudrier en écaille de tortue et l'ouvrit. Un miroir circulaire apparut.

Lilith contempla son reflet un long moment en inclinant la glace d'un côté puis de l'autre afin de bien s'examiner.

Depuis quelques années déjà, Lilith était habituée aux regards lascifs que lui jetaient des hommes de tous âges et de toutes conditions. On lui répétait sans cesse qu'elle était belle. Sa mère, son père, Jules… Pourtant, elle avait besoin de le constater de ses propres yeux.

Le réconfort que lui apportait ce petit miroir n'était toutefois pas sans danger : si jamais elle se faisait surprendre en sa possession, elle serait expulsée de son école et traînée comme une criminelle devant le Synode*, l'assemblée législative qui veillait au respect des lois ancestrales de son peuple.

Satisfaite, Lilith referma le boîtier d'un coup sec et le remit dans sa cachette d'une main qui ne tremblait plus. Avant de quitter la cabine, elle tira la chasse au cas où quelqu'un serait entré dans les toilettes. Tout n'était qu'une question d'apparence…

Elle se sentait de nouveau elle-même : Lilith Todd, princesse vampire américaine.

— T'en as mis, du temps ! Où étais-tu passée ? s'exclama Melinda quand elle rejoignit le groupe.

— Je m'ennuie, éluda Lilith. Si on descendait ?

Tanith haussa les épaules.

— Si tu veux. Sauf que Serguei déteste danser.

— C'est dans une chambre que mon corps s'exprime le mieux, murmura celui-ci avec un petit sourire en coin. Je préfère rester et écouter les derniers potins, si ça ne vous ennuie pas.

— Pareil pour moi, déclara Oliver entre deux gorgées.

Lilith prit Tanith par la main et se tourna vers Carmen et Melinda.

— Vous venez ?

Les deux filles échangèrent un regard avant de les suivre en silence.

Malgré la foule, Lilith et ses amies parvinrent sans mal jusqu'au centre de la piste. Elles dansaient tout en plaisantant et en riant entre elles lorsque Lilith sentit qu'on l'observait. Elle repéra alors un homme d'une trentaine d'années qui la dévisageait avec intensité.

D'habitude, elle ignorait les caillots qui fréquentaient le Clocher, mais elle s'ennuyait. Elle avait bu et cet homme lui plaisait. Elle accrocha le regard de l'inconnu et hocha imperceptiblement la tête.

Le type lui répondit par un sourire qui révéla des dents refaites à prix d'or et se dirigea vers elle. Elle s'avança au-devant de lui sans le quitter des yeux.

En la voyant opérer, Tanith, Carmen et Melinda s'interposèrent rapidement entre le couple et les autres danseurs, afin d'isoler la proie du reste des humains. Le type continua à se trémousser sans se rendre compte que sa nouvelle partenaire l'attirait peu à peu vers le bord de la piste.

Il posa les mains sur les hanches de Lilith, les yeux luisant autant de désir que de la drogue qu'il avait absorbée. Lilith se dégagea en souplesse et agita un doigt réprobateur. Puis elle lui indiqua d'un geste les toilettes des dames et les yeux du type brillèrent de plus belle.

Après avoir vérifié que la voie était libre, Lilith l'y poussa, escortée de ses acolytes, Tanith en éclaireur. Carmen et Melinda se postèrent à l'entrée, prêtes à refouler les intrus.

Lilith fit reculer l'homme vers la cabine du milieu.

— Ton amie veut se joindre à nous? demanda-t-il, émoustillé.

Lilith lança un sourire à Tanith, qui bloquait la sortie.

— Oui, elle aimerait bien te goûter, elle aussi. En fait, on a toutes envie de t'essayer.

L'homme desserra sa cravate avec un sourire béat et se laissa tomber sur le siège des toilettes, les yeux levés vers Lilith. Quatre jeunes beautés impatientes de s'amuser avec lui! Qu'avait-il à craindre?

La réponse à cette question ne se fit pas attendre: Lilith se pencha sur lui, découvrant une paire de crocs de cinq bons centimètres qu'elle plongea dans sa jugulaire. Son cri d'effroi s'étrangla dans sa gorge: les neurotoxines contenues dans la salive de Lilith lui paralysaient déjà les cordes vocales et le privaient de ses fonctions motrices. Ses yeux se révulsèrent, ne laissant plus voir que le blanc.

Bien qu'habituée depuis toujours à consommer du sang humain, Lilith n'en buvait que très rarement à la source. Lorsque celui de sa proie coula dans sa bouche, elle fut surprise par sa tonicité. Elle l'aspira goulûment et frémit de plaisir.

Tanith lui tapota l'épaule, hilare.

— Hé, laisses-en pour les autres !

Lilith lui céda la place de bonne grâce.

— À toi l'honneur !

Tanith souleva le bras droit de l'homme et remonta la manche de son costume pour lui mordre le poignet. Il ne broncha même pas.

Lilith détourna les yeux et surprit son reflet dans le miroir au-dessus des lavabos. Elle s'approcha, fascinée par ses lèvres. On aurait dit qu'elle venait d'y appliquer du gloss écarlate. Elle vit derrière elle Tanith émerger de la cabine en se tamponnant la bouche avec du papier toilette et Carmen s'avancer afin de profiter à son tour du festin.

Soudain, il y eut un grand remue-ménage et Sebastian fit irruption, équipé d'une oreillette Bluetooth, l'air très inquiet.

— Que se passe-t-il, ici ? Il paraît que quelqu'un bloque l'accès aux toilettes ?

Lilith s'interposa à la hâte entre la cabine et lui.

— C'est juste une histoire de filles. Rien de grave, Seb !

— À propos, qu'est-ce que vous faites en bas, les enfants ? Les toilettes du salon VIP sont hors service ?

Il aperçut tout à coup des chaussures d'homme sous la porte.

— Eh là ! C'est quoi, cette embrouille ?

Il écarta Lilith, ouvrit la porte à toute volée et contempla l'individu affalé sur les WC telle une énorme poupée de chiffon, le menton sur la poitrine, la peau aussi blanche que le carrelage. Il lui souleva la tête.

— Merde ! murmura-t-il en la laissant retomber. Qu'est-ce qui vous a pris ? Vous connaissez le règlement. Il est interdit de saigner* qui que ce soit dans le club. Du moins pendant les heures d'ouverture.

— T'inquiète pas pour si peu, Seb, déclara Lilith, conciliante. T'as qu'à le mettre dans le caveau* avec les donneurs*.

— Pas pour si peu ! gronda Sebastian, les crocs dénudés sous l'effet de la fureur. Vous savez qui c'est ?

Les filles secouèrent la tête.

— Le directeur d'une grosse maison de disques. Il ne peut pas disparaître comme ça ! Et surtout dans mon club.

Sebastian lui saisit le poignet et tâta son pouls.

— Les Fondateurs soient loués ! Il vit encore !

— Et si on l'emmenait à l'hôpital ? suggéra Tanith.

— Pas avec toutes les morsures qu'il a sur le corps ! tonitrua Sebastian. On croirait qu'il a passé une semaine dans une fosse pleine de serpents ! André ! hurla-t-il dans le micro de son Bluetooth. Condamnez immédiatement les toilettes des dames de la chapelle. Faites en sorte que personne – vous m'entendez, personne – n'y mette les pieds ! Je ne sais pas, moi… dites qu'elles sont bouchées.

— Bon, qu'est-ce qu'on fait, maintenant ?

Lilith, qui n'avait jamais vu Sebastian dans une rage pareille, ne pensait plus qu'à s'enfuir.

Il lâcha un énorme soupir et se massa les tempes afin de se calmer.

— Je m'en occupe. Inutile de paniquer, d'accord ? Je vais demander à mes gens de transfuser notre ami. Il se réveillera malade comme un chien mais, tel que je le connais, ce salaud s'estimera heureux de s'en tirer à si bon compte. Vous, en revanche, je vous conseille de filer illico et de vous faire oublier.

— Nous sommes bannies du Clocher ? gémit Tanith.

— Holà, Sebastian ! Vous ne trouvez pas que vous dramatisez un peu ? protesta Melinda.

— Je dramatise ! hurla-t-il en levant les yeux au ciel. Nous ne pouvons pas courir le risque d'attirer l'attention sur le club. Déjà la police, ce serait la cata mais on n'a vraiment pas besoin que les Van Helsing* fassent une descente au Clocher !

— Où est-ce qu'on va faire la fête, ce week-end ? marmonna Carmen.

— Où vous voulez, sauf ici ! explosa Sebastian. Allez donc danser en enfer, je m'en contrefiche !

Chapitre 2

Lilith se retourna dans ses draps de satin et laissa échapper un gémissement. Elle avait eu tort de boire le sang de ce crétin. Bien qu'elle soit quasi immortelle et immunisée contre toutes les maladies des humains, le sang vicié* lui donnait souvent la gueule de bois.

Elle roula sur le dos et, les yeux plissés, consulta son réveil. Il était quinze heures. Elle avait promis à Tanith de la retrouver dans l'après-midi pour faire du shopping. En règle générale elle préférait sortir après le coucher du soleil, cependant elle était prête à consentir quelques sacrifices dès lors qu'il s'agissait de passer chez Prada ou Tiffany avant l'heure de la fermeture.

Elle s'étira et enfonça le bouton de l'interphone sur sa table de nuit.

— Oui, mademoiselle Lilith ? répondit aussitôt une voix masculine.

— Je suis réveillée, Curtis. Envoyez-moi mon habilleuse.

— Bien, mademoiselle Lilith.

Lilith repoussa ses draps et glissa hors du lit, qui se trouvait dans sa famille depuis le règne de Louis XV. Il y avait longtemps qu'elle savait se vêtir seule, mais elle aurait toujours besoin de l'aide d'Esméralda pour se coiffer et se maquiller.

Elle vérifia avec soin que tous les rideaux étaient tirés. Si elle pouvait s'aventurer dehors dans la journée sans craindre les effets du soleil, ce n'était pas le cas des morts-vivants* au service de sa famille. Et elle n'avait aucune envie de voir sa domestique s'envoler en fumée alors qu'elle avait projeté d'aller faire des courses.

Aucun rayon ne pénétrait dans la chambre. Elle se dirigea vers sa salle de bains équipée d'une cabine de maquillage et de bronzage. Pendant qu'elle attendait que l'eau de la douche soit à la bonne température, elle retira sa chemise de nuit en soie et la jeta dans un coin. Après avoir longuement savouré le plaisir du jet qui fouettait sa peau, elle s'enduisit le corps d'un lait confectionné pour elle par le parfumeur personnel de la famille.

On frappa un coup léger à la porte.

— Êtes-vous prête, mademoiselle Lilith? demanda Esméralda en passant la tête dans la pièce.

Le teint mat, les yeux de jais et ses longs cheveux sombres retenus par des barrettes dorées, la jeune femme avait dû appartenir au peuple gitan avant d'entrer dans le monde des morts-vivants.

— Prépare-toi le temps que je m'habille, Esmé.

— Bien, mademoiselle Lilith.

Esméralda tirait sa mallette de maquillage à roulettes. Elle s'effaça pour laisser sortir sa maîtresse. Une fois dans son dressing, Lilith attrapa dans le premier tiroir d'une magnifique commode en merisier une culotte en soie rose Prada et le soutien-gorge assorti. Elle jeta un œil dégoûté à ses uniformes scolaires, suspendus à l'écart comme s'ils risquaient de contaminer le reste de ses vêtements. Après réflexion, elle opta pour un chemisier rose Marc Jacobs, une jupe Chloé et des chaussures à semelles compensées.

Elle regagna la salle de bains au moment où Esméralda finissait de disposer ses pinceaux sur une serviette immaculée. La mallette de maquillage, déployée comme une fleur exotique, révélait une multitude de pots, de tubes, de bâtons et de palettes.

Lilith se laissa tomber sur le fauteuil en cuir, et son regard se porta d'instinct sur l'intérieur du couvercle, à l'endroit où aurait dû se trouver un miroir.

— Pourquoi est-ce que je ne peux pas avoir de miroir, Esmé ?

— Vous savez bien que c'est défendu, mademoiselle Lilith, répondit la servante d'une voix lasse tout en appliquant du fond de teint sur le visage de sa maîtresse.

— C'est injuste ! Ce n'est pas parce que tout le monde

autour de moi est trop vieux pour pouvoir se contempler dans une glace que je dois m'en priver !

— En tant que novice*, vous avez encore un reflet, en effet. Mais, dès que vous serez adulte, ce sera terminé. Et les lois du Synode interdisent de posséder un miroir.

Lilith comprit qu'elle n'aurait pas le dernier mot et préféra changer de conversation.

— Tu as regardé les magazines que je t'ai donnés ?

— Oui, soupira la jeune femme.

Autrefois, Esméralda avait été au service de la favorite d'un roi de France. Elle connaissait son métier et n'avait pas besoin d'inspiration. Or Lilith voulait toujours être à la pointe de la mode, voire en avance d'une longueur sur la tendance, plutôt que de rester figée dans un look particulier. Elle aurait détesté être comme la mère de Carmen, qui copiait toujours les stars des années quarante.

Lilith désigna la photo d'une actrice qui descendait un tapis rouge.

— Tu crois que tu pourrais me faire ressembler à cette fille ?

Esméralda lui adressa un sourire espiègle.

— Hé, je peux même faire en sorte qu'on trouve que c'est elle qui vous ressemble !

Lilith réprima un rire, elle ne devait pas bouger tant qu'Esméralda n'aurait pas fini de la maquiller. L'essentiel était qu'elle paraisse plus humaine que les humains.

— Bonsoir, mademoiselle Todd, la salua le portier du Balmoral. Vous sortez tôt, ce soir.

Lilith hocha la tête pour lui indiquer qu'elle avait entendu sa remarque mais ne jugeait pas utile de le gratifier d'une réponse. Si les autres habitants de l'immeuble de Park Avenue ne soupçonnaient pas la véritable nature des occupants du luxueux appartement du dernier étage, l'ensemble du personnel était placé sous l'autorité de son père.

La Rolls l'attendait. Le chauffeur de jour, prêt à la conduire là où elle le désirait, toucha la visière de sa casquette avec respect et lui ouvrit la portière.

Une fois confortablement installée, Lilith fouilla son sac à la recherche de son iPhone. Elle l'alluma. Elle avait deux messages. Tanith lui demandait si elle avait autant la gueule de bois qu'elle. Et Carmen désirait savoir si elle avait toujours l'intention de se rendre à la boutique Dolce & Gabbana. Elle leur répondit « oui » en vitesse à toutes les deux, puis elle appela Jules. Il décrocha à la troisième sonnerie.

— Je commençais à trouver le temps long, dit-il d'une voix ensommeillée. J'avais peur que les Van Helsing ne t'aient interceptée sur la route du retour.

— Pas de chance, c'est raté ! gloussa-t-elle. Je te réveille ?

— Non, murmura-t-il en étouffant un bâillement. Je traîne au lit.

— Seul, j'espère.

— Tu veux qu'on se retrouve au Clocher ?

Lilith préféra ignorer le fait que Jules n'avait pas ri à son humour, ni relevé son insinuation. Sa jalousie suscitait d'innombrables disputes. La dernière fois, il lui avait dit qu'à la prochaine scène il la tromperait pour de bon.

— Je t'épargne les détails, mais en gros nous sommes bannies du club pour un petit moment, se contenta-t-elle de répondre.

— Quoi ? s'écria-t-il d'une voix soudain bien réveillée. Lilith, qu'est-ce que t'as encore fabriqué ?

— C'est Seb qui a piqué sa crise, pour changer. Heureusement, tu le connais, dans quelques jours il aura oublié l'incident.

— Et où va-t-on faire la fête, alors ?

— Si on allait chasser au Village ?

— Ouais, pourquoi pas ?

— Bon, je suis arrivée. À plus !

— À plus.

Lilith referma son portable d'un claquement sec alors que la Rolls se garait au coin de Madison et de la 69e Rue. Avant de descendre de la limousine, elle vérifia qu'elle avait bien mis ses énormes lunettes noires. Même si elle pouvait se promener dehors toute une journée sans être transformée en grillade, la lumière du soleil lui blessait les yeux.

— Je t'appellerai quand on aura fini, lança-t-elle au chauffeur.

Lilith adorait la boutique Dolce & Gabbana. Du heurtoir en cristal aux moulures dorées du plafond en passant par les fabuleux coussins des canapés du salon d'essayage, l'endroit était d'un luxe extravagant. Et les vêtements qu'on y trouvait la changeaient agréablement de l'abominable uniforme qu'elle devait porter à l'école.

Lilith entra. Un couple se figea net à sa vue et se mit à chuchoter fébrilement, une main plaquée sur la bouche. À leur expression, elle comprit qu'ils la prenaient pour l'une des stars qui faisaient la popularité des deux couturiers.

Elle passa en revue le comptoir des parfums et remarqua un homme barbu d'une trentaine d'années qui la dévisageait sans se cacher. Bien qu'elle soit habituée à attirer les regards, il y avait quelque chose de différent dans la façon dont il l'examinait.

— Vous voulez ma photo ?

Contrairement aux vieux dégoûtants qu'elle surprenait à la déshabiller des yeux, l'homme ne détourna pas le regard mais sourit.

— Je la prendrai peut-être un jour, répliqua-t-il en posant sa carte à l'envers sur le comptoir. Bon shopping !

Lilith le regarda quitter le magasin. Elle prit sa carte et lut les mots « Kristof » et « Photographe » imprimés en caractères gras, ainsi qu'un numéro de téléphone. Avec un petit pincement d'excitation, elle la fourra dans son sac.

— Lili !

Elle leva la tête. Tanith traversait le sol de marbre étincelant, en robe Gucci rouge cerise, talons compensés argentés et lunettes de soleil Prada.

Les deux amies s'embrassèrent du bout des lèvres.

— Je croyais que tu m'avais oubliée ! s'écria Tanith.

Lilith glissa son bras sous le sien.

— N'importe quoi ! s'esclaffa-t-elle. Alors, tu as déjà repéré quelque chose ?

— J'ai fait mettre de côté une robe lavande, je t'attendais pour l'essayer. Oh, et j'ai vu une petite robe de cocktail bleu canard qui t'irait super bien ! Elle est hyper courte.

— Qu'est-ce que je ferais sans toi ?

— C'est à ça que servent les amies !

— Quand je pense qu'on sera privées de ce plaisir dans quelques années ! remarqua Lilith, la mine songeuse. C'est dingue !

— Du plaisir de faire du shopping ensemble ?

— Non, de celui de se regarder dans une glace, murmura Lilith en tapotant le miroir avec précaution car, comme tous les vampires, elle avait les ongles aussi durs que du diamant. À vingt-cinq ans, plus aucun miroir ne reflètera notre image. Du coup, nous ne pourrons plus fréquenter ce genre d'endroit.

— Oui, c'est désolant ! admit Tanith. Mais essaie de ne pas y penser. À quoi bon se prendre la tête pour des trucs qu'on ne peut pas changer ? D'ailleurs, je me regarde rarement dans la glace. Surtout qu'il nous restera toujours des boutiques comme Sister Midnight. Comme on dit : faut faire avec ce qu'on a !

— Tu as raison, soupira Lilith d'un ton peu convaincu.

Tanith lui jeta un regard bizarre.

— Tu n'as pas l'air en forme, Lilith. Des problèmes avec Jules ?

— Non. J'ai du mal à me remettre de notre petite soirée !

Tanith hocha la tête.

— M'en parle pas ! Je me demande ce que ce type avait avalé !

— Au fait, ça a l'air de bien marcher entre Sergueï et toi...

— Ouais, il est sympa, mais y a rien de sérieux entre nous. Il est promis à une fille de l'Ancien Monde qu'il n'a jamais vue. Alors, comment tu me trouves ? Et elle tourbillonna dans sa robe en velours de soie lavande.

— Cette couleur te va à ravir, répondit Lilith, qui enfilait la robe bleu canard. J'ignorais que Sergueï était déjà promis. C'est dommage ! Vous formez un si beau couple.

Elle passa la main sur ses hanches et son ventre plat, puis se tourna d'un côté puis de l'autre pour admirer son décolleté.

— Il ne te manque plus qu'une paire de chaussures sexy et tu es parée, déclara Tanith. Tu sais, Lili, vous avez une sacrée chance, Jules et toi, de vous être connus avant d'être liés*. Pauvre Sergueï ! Imagine que la fille ressemble à un Orlock !

Lilith éclata de rire malgré elle et plaqua aussitôt ses mains sur sa bouche.

— Ne dis pas des horreurs pareilles, Tanith ! Tu sais bien qu'Exo est le cousin de Jules !

Xander Orlock, « Exo » pour les intimes, était même son cousin germain. Sa mère, Juliana, la ravissante sœur cadette du père de Jules, était la seconde femme du comte Boris Orlock, patriarche d'une des familles les plus anciennes et les plus puissantes du monde. Les Orlock avaient la fâcheuse habitude de ne se marier qu'entre eux afin de préserver la pureté de leur saigneurie*, qui remontait à Urlock, l'un des treize Fondateurs. Les Laval avaient donc réalisé un véritable exploit en alliant Juliana à l'un d'eux, même si le fruit de toutes ces unions consanguines était d'une laideur repoussante.

Tanith haussa les épaules.

— En fait, Exo n'est pas si moche que ça, avec ses petits airs de M. Spock ! Surtout comparé à son père ou à son frère aîné.

— Brrr ! Ne me parle pas de Klaus ! Il me donne la chair de poule. Heureusement qu'ils ne seront de ma famille que par alliance !

Alors qu'elles se tournaient vers les rayons pour reprendre leur shopping, Lilith vit arriver Melinda, suivie de Carmen.

— On vous attendait, les filles ! Allons-y !

L'heure de la fermeture était dépassée depuis une demi-heure lorsque les quatre amies terminèrent leurs emplettes sous le regard bienveillant du directeur, prêt à faire des heures supplémentaires devant leurs cartes platinium.

Le soleil couchant fit briller les sacs métallisés contenant leurs achats lorsqu'elles se retrouvèrent sur le trottoir devant la boutique.

— Qu'est-ce qu'on fait ? demanda Melinda.

— Si on allait boire un verre chez moi ? proposa Tanith. Mes parents partent ce soir au Brésil.

— Excellente idée ! opina Lilith avec un large sourire.

— Et si on y allait à pied ? suggéra Melinda.

— D'accord ! répondit Lilith. Je renvoie mon chauffeur et j'appelle Jules pour qu'il nous rejoigne avec les garçons chez Tanith. Comme ça, on prendra seulement deux voitures pour notre descente au Village. Je sens qu'on va s'éclater !

Elles longèrent dans le crépuscule les boutiques luxueuses de Madison Avenue en feignant de ne pas remarquer les têtes qui se dévissaient sur leur passage. Certains humains les prenaient pour des mannequins ou des starlettes. D'autres leur lançaient des regards concupiscents. Quelques passants, moins nombreux, percevaient obscurément ce qui se cachait derrière cette apparence et ne pouvaient détourner les yeux, tels des oiseaux hypnotisés par la danse lancinante d'un cobra.

Quand Tanith était petite, elle disait qu'elle habitait en face de la statue d'*Alice au pays des merveilles*, dans Central Park. À présent, elle préférait citer la boutique Jimmy Choo comme point de repère. Mais les quatre filles ne s'y attardèrent pas quand elles tournèrent au coin de la 63e Rue et de la Cinquième Avenue.

La porte de l'ascenseur qui donnait dans l'appartement en terrasse de Tanith s'ouvrit sur trois serviteurs morts-vivants croulant sous les bagages.

— Merde ! Ils sont encore là ! marmonna la jeune fille tandis qu'elles quittaient la cabine et que les domestiques y entraient sans un mot.

— Plus pour très longtemps, rétorqua son père en émergeant de l'appartement.

Les cheveux noirs et ondulés, les paupières lourdes, Dorian Graves semblait tout droit sorti d'un roman gothique.

Il pinça la joue de sa fille.

— Sois sage et promets-moi de ne pas dévaster la maison en notre absence.

— À condition que tu me promettes de me rapporter un cadeau.

Il rit.

— M'est-il arrivé de revenir les mains vides ? Désolé, je dois y aller. Ta mère est déjà descendue. Nous revenons à la fin de la semaine prochaine. Au revoir, jeunes demoiselles ! lança-t-il avant de saluer les amies de sa fille d'un signe de tête et de s'engouffrer dans l'ascenseur.

— Bon débarras ! lâcha Tanith dès que la porte coulissa sur lui. Allez-y, les filles, faites comme chez vous.

— T'inquiète pas pour moi, répondit Lilith, qui laissa tomber ses sacs par terre et envoya promener ses hauts talons pour fouler avec délectation l'épaisse moquette.

Carmen et Melinda s'affalèrent sur le canapé en cuir.

Tanith se dirigea vers le bar et ouvrit le réfrigérateur. Elle brandit un sac de A négatif additionné de fine Napoléon, puis remplit quatre verres à cognac en cristal.

Lilith porta un toast.

— À nous !

— À nous ! répétèrent les trois autres.

— Long règne aux princesses vampires de New York !

Chapitre 3

Melinda lança une pièce qui rata de peu le gobelet en cristal posé au centre de la table basse.

— Alors, où va-t-on chasser ce soir ?

— À Washington Square, répondit Jules, qui, d'un geste expert, mit dans le mille. Bon ! poursuivit-il, le sourire aux lèvres, en étudiant longuement les autres comme si c'était une question de vie ou de mort. À toi, Lilith.

— Comme s'il fallait me forcer ! s'esclaffa-t-elle en prenant son verre d'O posi* additionné de tequila. Je vois le sang briller dans tes yeux, ajouta-t-elle avant de le vider cul sec.

Jules reprit la pièce.

— Eh bien, au gagnant de rejouer !

— Quand est-ce qu'on y va ? marmonna Lilith, qui commençait à s'ennuyer.

L'épisode de la veille l'avait mise en appétit.

Jules consulta sa montre.

— À mon avis, on peut partir maintenant, compte tenu du trajet. Je connais un nouveau club où aller s'amuser après.

— Cool ! Je préviens Tanith.

Tanith et Sergueï flirtaient, allongés sur la moquette. Du bout du pied, Lilith tapota la hanche de son amie.

— Ça suffit, vous deux ! On y va !

Tanith s'écarta à regret de Sergueï et tourna un regard embrumé vers elle.

— Déjà ?

— Tu es sûre qu'on ne risque rien ? s'inquiéta Sergueï.

— Ne me dis pas que tu as peur des Van Helsing ? s'esclaffa Lilith. C'est juste une invention des adultes pour nous pourrir la vie.

— Première nouvelle ! Je te signale qu'ils ont tué mon grand-père.

— Qu'est-ce qui t'arrive, Sergueï ? minauda Tanith. Tu as peur que les grands méchants chasseurs de vampires t'attrapent, toi aussi ? Arrête ! C'est arrivé... Y a quoi ? Soixante-quinze ans ? Cent ans ?

— Cent vingt ans, avoua-t-il.

— Tu vois ? Ça date pas d'hier ! Y a belle lurette que personne ne s'est retrouvé avec un pieu enfoncé dans le cœur en plein New York !

— Lilith a raison, renchérit Tanith avec un sourire, te fais pas de souci. Au pire, nous risquons de tomber sur des Sang-Neuf* puisque le parc se trouve en territoire non protégé.

Ils se dévisagèrent en silence pour voir qui cela dérangeait de croiser des Sang-Neuf. Aucun n'aurait voulu l'admettre. Autant demander à des lions de reconnaître qu'ils ont peur des hyènes !

Les vieilles familles de Sang-de-Race* tenaient leur pouvoir et leur richesse des légions de morts-vivants qu'elles contrôlaient depuis des siècles ; les saigneuries des Sang-Neuf, en revanche, remontaient rarement à plus de trois ou quatre générations. Ces derniers se retrouvaient donc en position d'infériorité tant sur le plan social que politique, ce qui ne faisait qu'attiser leur rancœur et leur jalousie.

À l'origine, une centaine de frères avaient été arrachés à leur enfer natal et amenés sur Terre. Ils n'avaient cessé de s'entretuer, chacun voulant devenir le maître suprême du monde des humains. Rien ne les arrêtait. Ils buvaient même le sang des vaincus pour accroître leurs pouvoirs. Et puis, un beau jour, il n'en resta que treize. Comprenant que leur race était à deux doigts de disparaître, ces survivants, les Fondateurs, s'étaient alors partagé le monde avant d'essaimer aux quatre coins du globe.

Au fil du temps, leur nombre s'était accru. Les frères avaient recommencé à se jalouser, ce qui avait suscité de nouvelles vendettas*. Chaque fois qu'un patriarche était exterminé par un rival, son descendant n'avait d'autre choix que de prêter allégeance à son assassin en devenant son vassal* ou de repartir de zéro en devenant un Sang-Neuf.

La plupart préféraient troquer leur liberté contre la sécurité. Ceux qui prenaient un nouveau départ devenaient la cible à la fois des humains et des vampires. Voilà pourquoi, pendant des millénaires, les Sang-Neuf avaient végété. Puis, il y avait de cela six cents ans, Danton Gris avait réussi à convaincre plusieurs familles de s'unir. L'Alliance des Sang-Neuf était née. Tous avaient décidé de faire taire leurs rivalités et de se prêter main-forte face aux attaques de leurs ennemis, les Sang-de-Race. Des centaines de vassaux avaient alors abandonné leurs seigneurs, ce qui avait donné lieu à une guerre de plus de cent ans, à laquelle le traité de Sang-Froid avait mis fin. Depuis, Sang-de-Race et Sang-Neuf coexistaient par la force des choses.

— Qu'est-ce qu'on fera si on tombe sur des jeunes sang-de-navet* ? s'enquit Oliver. Il paraît qu'ils sont sacrément coriaces.

— J'aimerais bien voir l'un d'entre eux s'en prendre à moi ! rétorqua Lilith d'un ton hautain.

— T'en as déjà affronté ?

— Non, sauf si tu comptes les jumelles Maledetto.

— Tu exagères ! protesta Melinda. Même si le père de Bella et de Bette est un Sang-Neuf, il ne faut pas oublier que la saigneurie de leur mère remonte à Énée.

— Sauf qu'une seule des deux en héritera, intervint Carmen.

— On s'en fiche ! s'écria Jules, qui commençait à s'impatienter.

— Un petit coup de sang frais me ferait du bien, enchaîna aussitôt Lilith, sentant son exaspération. Qui m'aime me suive !

Tout vampire apprend dès son plus jeune âge que les prostitués et les revendeurs de drogue sont des proies idéales. Ayant l'habitude d'être abordés par des étrangers, ces humains se laissent aisément entraîner à l'abri des regards. Et, lorsque l'un d'eux disparaît, qui s'en soucie ? C'est ainsi que, sauf dans les cas où ils ont besoin de recourir à un spécialiste, les vampires recrutent leurs serviteurs morts-vivants parmi les criminels, les prostitués, les drogués et les dealers.

Ce qui expliquait pourquoi, dans tout Manhattan, c'est à Washington Square que Lilith et ses amis avaient choisi de se mettre en quête d'émotions fortes dans la Mercedes de Jules et la Bentley de Tanith.

— Mon père ferait une sanguinite s'il savait que sa vilaine fifille va chasser dans les bas quartiers ! gloussa Lilith.

— Oui, si vilaine… et si jolie, murmura Jules en posant la main sur sa cuisse.

Elle se lova contre lui.

— J'adore tout ce qui est interdit, pas toi ? Rien ne m'excite autant que de traquer une victime bien vivante !

— Moi aussi, acquiesça-t-il en remontant légèrement la main.

— C'est pas le moment, Jules ! le rabroua-t-elle.

Les yeux du garçon étincelèrent de colère, puis il obéit docilement.

Lilith jeta un coup d'œil par la vitre. La Mercedes venait de s'arrêter à quelques pâtés de maisons de leur destination.

— On est arrivés ! annonça-t-elle gaiement.

Sans attendre l'aide du chauffeur, elle ouvrit sa portière et se tourna vers ses amis qui descendaient de la Bentley.

— Vous ne m'attraperez pas ! cria-t-elle.

Elle éclata de rire quand ils se jetèrent à sa poursuite en poussant des hurlements qui résonnèrent dans les rues étroites de Greenwich Village.

À deux heures du matin, le quartier était encore sillonné d'une foule de jeunes qui finissaient joyeusement leur tournée des bars et des clubs. Pour tout observateur non averti, Lilith et ses amis ne formaient qu'un groupe d'étudiants bruyants parmi tant d'autres, sur le point de regagner leur résidence universitaire après une nuit blanche.

Ils se dirigèrent droit vers l'arc de triomphe qui se dressait au bas de la Cinquième Avenue, comme une gigantesque pierre tombale. Malgré les réverbères qui éclairaient les allées, l'intérieur du parc était beaucoup plus sombre que les rues avoisinantes. Ils passèrent sous l'arche de marbre et s'avancèrent vers la fontaine où une demi-douzaine de silhouettes rôdaient à proximité des bancs qui entouraient le bassin. Ces individus louches en baggy, chaussures de sport et sweat-shirts à cagoule étaient les véritables seigneurs des lieux.

Certaine que les dealers les prendraient pour des petits rigolos en quête de paradis artificiels, Lilith sourit en imaginant la terreur qui se dessinerait bientôt sur le visage de leurs victimes.

Jules fit s'arrêter la petite troupe à l'abri d'un bosquet, près d'une clôture basse sur laquelle était fixé un panneau : *INTERDICTION DE MARCHER SUR LA PELOUSE*. Comme d'habitude, en sa qualité de maître de jeu, il devait rappeler les règles.

— Dès que l'un de nous aura entraîné la proie à l'écart, on le suivra. Tout trophée personnel pris sur la victime, hormis la drogue, rapporte des points. Bien. Qui veut servir d'appât ?

Lilith agita la main comme une élève suppliant son professeur de l'interroger.

— Moi, moi !

— D'accord ! gloussa-t-il.

Lilith examina les hommes autour de la fontaine. Son regard tomba d'abord sur un gros Noir à la barbe grise, vautré sur un banc, un sac rempli de vieux journaux et de cartons de fast-food posé à côté de lui.

Berk! Pas question qu'elle s'attaque à ce vieux débris bedonnant. Elle voulait quelqu'un de jeune et en bonne santé.

Elle fixa son choix sur un grand dealer élancé. Appuyé contre un des piliers de granit qui jalonnaient le bassin, les mains dans les poches de sa veste à capuche bleu marine, il lui tournait le dos.

La tête du garçon pivota telle une antenne radar quand elle s'avança.

— Qu'est-ce qui te ferait plaisir, ma jolie?

Elle s'immobilisa et le dévisagea sans rien dire.

— J'ai tout ce que tu peux souhaiter, continua le dealer en lui faisant signe d'approcher.

Lilith ne bougea pas et se contenta de lui adresser un vague sourire. Le garçon changea d'expression, sentant une ouverture.

— Tu veux des sensations fortes? J'ai ce qu'il faut pour ça! fanfaronna-t-il.

Lilith mourait d'envie de lui lancer une vanne, mais elle n'osa pas parler de peur de briser sa concentration. Comme son plus sûr moyen de contrôler l'esprit de sa proie consistait à capter son attention, sa beauté lui offrait un avantage certain.

« Suis-moi », songea Lilith de toutes ses forces, et elle sourit en voyant le dealer esquisser un pas vers elle. Mais à peine levait-il l'autre pied qu'il tourna brusquement la tête, comme si on l'avait appelé, et recula.

« Que se passe-t-il, bon sang ? »

L'esprit du dealer venait d'échapper à son contrôle. Ce genre d'incident n'arrivait jamais. Surtout pas à elle. Elle fronça les sourcils et se concentra davantage.

« Regarde-moi. »

Le dealer s'avança de nouveau et se pétrifia presque aussitôt en titubant sur un pied, comme un enfant jouant à « un, deux, trois, soleil ».

Lilith rougit de rage à l'idée que ses amis étaient pliés de rire dans leur cachette sous les arbres.

« Viens ! »

Son ordre résonna dans la tête du dealer et il bondit en avant, puis sauta en arrière une fraction de seconde plus tard, avec une telle brusquerie qu'il se cogna dans le pilier de granit.

Lilith fronça les sourcils. Ce comportement s'apparentait plus à celui d'une marionnette qu'à celui d'un animal se débattant pour s'enfuir. Mais qu'est-ce qui pouvait provoquer cette interférence ?

À l'instant où elle venait de comprendre qu'elle ne devait pas être la seule dans la tête du dealer, une fille surgit de derrière le pilier. Elle portait un jean slim gris, une longue chemise noire, une paire de bottes en tweed et un vieux blouson d'aviateur en cuir râpé. Les cheveux bruns à la coupe asymétrique, les lèvres charnues et les pommettes hautes, on aurait dit un lutin mutin. Lilith tressaillit – elle se trouvait en face d'une Sang-Neuf.

— Il est à moi, gronda l'inconnue, l'index tendu vers le dealer, qui restait plaqué tel un papillon contre son pilier, le menton dégoulinant de bave.

— Dégage ! siffla Lilith en découvrant ses crocs en signe rituel de défi. Il m'appartient !

— Dégage toi-même ! rétorqua la Sang-Neuf, les yeux flamboyants. J'étais là la première !

Lilith s'avança, les poings serrés.

— Comment oses-tu me parler ainsi ? Tu ne sais donc pas qui je suis ?

— Si ! Tu n'es qu'une sale petite snobinarde qui se la joue et qui risque de le regretter.

Les deux filles se fusillèrent du regard tandis qu'elles tournaient l'une autour de l'autre, pareilles à des boxeurs sur un ring. Soudain, Lilith plongea sur son adversaire, impatiente de la taillader de ses griffes acérées. La Sang-Neuf, incroyablement agile, l'évita avec la grâce d'un matador. Lilith tourbillonna sur elle-même, surprise par sa vélocité.

La Sang-Neuf éclata de rire devant son air déconcerté.

— Ça, pour frimer, vous êtes champions, les sang-rassis*, mais dès qu'il s'agit de passer à l'action y a plus que du vent !

Son rire s'étrangla dans sa gorge : son ennemie venait de planter ses ongles dans son flanc.

— Et ça, c'est du vent, sang-de-navet ? ricana Lilith en sautant hors de sa portée.

La Sang-Neuf tituba, la main pressée sur sa blessure. Même si son corps cicatrisait déjà, elle resterait vulnérable pendant une minute, ce qui suffirait largement à son adversaire pour lui administrer le coup de grâce. Ses yeux se révulsèrent.

— Qu'est-ce qui t'arrive, sang-de-navet ? la nargua Lilith. Tu vas quand même pas tomber dans les pommes !

La réponse de la Sang-Neuf se perdit dans le mugissement de la tornade qui souleva brusquement les détritus du sol et chassa les dealers de la place.

Alors que Lilith levait les mains pour se protéger le visage, Tanith et Jules bondirent de leur cachette et s'élancèrent vers elle.

Les yeux toujours révulsés, la Sang-Neuf fit le geste d'attraper une corde invisible et serra le poing. Dans un bruissement de feuilles mortes, un faisceau d'éclairs bleu pâle jaillit de sa main crispée.

— Lilith ! hurla Tanith. Éloigne-toi d'elle ! C'est une jeteuse de foudre* !

À la vue de la boule d'éclairs bleu et blanc qui scintillait dans la paume de son adversaire, Lilith sentit toute son assurance s'envoler. Si les vampires résistaient aux maladies des humains et possédaient de tels pouvoirs de régénération que la plupart des blessures ne représentaient qu'une gêne passagère, l'électrocution, la décapitation ou l'empalement pouvaient leur être fatals.

Affolée, Lilith recula brusquement et vit Jules courir vers elle.

— Au secours, Jules !

Son hurlement brisa la concentration de la Sang-Neuf, dont les yeux tournèrent dans leurs orbites comme les rouleaux d'une machine à sous. Le vent s'apaisa aussitôt.

Sorti brusquement de sa transe, le dealer s'évanouit dans l'ombre. Au même moment, le gros Noir affalé sur le banc se leva d'un bond et prit un arc à poulies dans son sac.

Jules poussa un cri d'alarme.

— Les Van Helsing !

— Lilith ! Attention ! tonna Tanith.

Lilith se rua vers ses amis. Elle lança un regard par-dessus son épaule juste au moment où le chasseur de vampires tirait dans sa direction. Instinctivement, elle se jeta sur le côté et la flèche la manqua de peu. Tanith eut moins de chance. Elle s'effondra à terre, telle une poupée de chiffon, transpercée en plein cœur.

Lilith se jeta à genoux à côté d'elle.

— Lève-toi, Tanith. Faut pas rester là !

Voyant le chasseur de vampires prêt à tirer une seconde fois, la Sang-Neuf déchargea sur lui sa boule d'éclairs avant de se fondre dans l'obscurité.

Un gémissement atroce déchira la nuit, suivi d'une

affreuse odeur de chair et de cheveux calcinés. Frappé en pleine poitrine, l'homme lâcha son arme et s'affala sur le sol en se tordant de douleur.

Jules scrutait frénétiquement les ténèbres. C'était la première fois qu'il affrontait les Van Helsing, mais il savait qu'ils ne travaillaient jamais en solo. Bientôt, il en repéra trois autres, déguisés en dealers, qui se précipitaient vers eux du fond du parc, l'arc bandé.

— C'est une embuscade ! s'écria-t-il en relevant Lilith sans ménagement. Laisse tomber Tanith, elle est morte ! Faut se sortir de ce…

Il n'eut pas le temps de finir sa phrase que le premier chasseur lui plantait une flèche dans la cuisse.

Jules hurla de douleur et fondit sur son assaillant, tous crocs et griffes dehors.

Le Van Helsing battit en retraite, terrorisé devant ce monstre à visage humain et aux ailes de chauve-souris. Jules les saisit, lui et son arme, entre ses serres griffues et les emporta dans les airs.

— Tuez-le ! hurla sa proie en se débattant. Ne vous occupez pas de moi ! Abattez-le !

Jules redescendit en piqué et largua brutalement son passager indésirable sur un banc. Et, tandis que les autres chasseurs se précipitaient au secours de leur camarade, le jeune vampire se volatilisa dans le ciel d'encre, abandonnant Lilith à son sort.

— Merde ! La jeteuse de foudre s'est échappée, gronda Drummer en se relevant.

— Tu es blessé ?

— Je survivrai.

Il avait sans doute le bras droit luxé et une côte fêlée, cependant il s'estimait heureux de s'en sortir à si bon compte.

— Occupez-vous plutôt d'Ike.

Rémy, le plus âgé des deux, se précipita vers le grand corps inerte et lui prit le pouls.

— Il est gravement brûlé, surtout aux mains, mais il respire. Heureusement qu'il portait des semelles isolantes !

— Téléphone pour qu'on vienne nous chercher ! grommela Drummer. Et préviens qu'on a un blessé.

— Et la fille ? demanda Kevin en montrant le corps de la vampire étendu sur le trottoir.

— Tu connais la procédure. Ces suceurs de sang s'y entendent comme personne pour simuler la mort. Faut rien laisser au hasard.

Kevin sortit son couteau de son fourreau et tâta prudemment le cadavre du bout du pied.

— Tu sais que j'en avais encore jamais vu lancer des éclairs ou se transformer en chauve-souris ?

— C'est parce que tu n'avais rencontré que des morts-vivants. Ils sont incapables de se métamorphoser ou de contrôler les éléments. Mais, ce soir, on a eu affaire à des Sang-Pur*. Des Sang-de-Race, très certainement.

Drummer fronça les sourcils. La morte était incroyablement jeune et jolie. Elle devait avoir seize ou dix-sept ans à peine. Il se gratta la tête, soudain perplexe.

— C'est drôle. J'aurais parié qu'elle était habillée en bleu...

— Tu veux parler de ça ? demanda Rémy en brandissant les restes d'une robe en soie bleu canard.

— Où l'as-tu trouvée ? demanda Drummer, pris d'un soupçon subit.

— Près de la fontaine.

Avant que Rémy ait pu montrer l'endroit du doigt, il entendit un grondement profond et guttural qui l'arrêta net.

Dans un jaillissement d'eau, un énorme loup aux yeux d'un bleu perçant et dépourvu de queue sauta de la vasque et le projeta sur le sol.

— Tuez-la ! hurla Drummer en vidant son arme sur la créature. Elle va s'échapper !

— Merde ! lâcha Drummer en jetant son arc malgré la douleur insoutenable qui lui transperçait l'épaule. Quand le patron l'apprendra, ça va chauffer !

Chapitre 4

Cally Mount, furieuse, s'engouffra dans la station de métro. Qu'est-ce qui lui avait pris ? Pourquoi n'avait-elle pas abandonné sa proie à la bimbo à l'affreuse robe bleue ? Mais non, elle avait voulu avoir le dernier mot ! Résultat, elle avait intérêt à courir pour sauver sa peau. Sa grand-mère l'avait pourtant avertie de ne jamais céder à la colère. Comme elle lui manquait !

D'un autre côté, cela faisait des mois qu'elle opérait dans le parc sans rencontrer de problème. Sûr qu'elle serait allée ailleurs si elle avait su qu'elle risquait d'y croiser non seulement des sang-rassis mais aussi des Van Helsing. Le fanatisme des uns et l'agressivité proverbiale des autres représentaient deux dangers majeurs. Une chance que sa grand-mère ait accepté de lui apprendre deux ou trois sortilèges avant de disparaître ! Au moins pouvait-elle se défendre, même si cela ne la rendait pas invincible, loin de là. Et puis, elle avait eu de la veine de tomber sur des sang-rassis de son âge. Des adultes l'auraient sans doute tuée, toute jeteuse de foudre qu'elle était.

En descendant les marches qui menaient au quai, elle lança un regard furtif derrière elle. Comme ni les Van Helsing ni les vampires n'aimaient attirer l'attention dans les lieux publics, elle serait relativement en sécurité parmi la foule.

Elle se pencha vers le tunnel dans l'espoir d'apercevoir une rame et remarqua un beau gosse vêtu d'un slim savamment déchiré et d'une veste en jean, et plutôt baraqué à voir la façon dont son T-shirt le moulait. Et, même s'il paraissait plongé dans la lecture de son livre de poche, Cally sentit qu'il l'observait à la dérobée.

Il avait un visage fin, une grande bouche expressive, des yeux foncés et des cheveux ondulés tirant sur le roux. Elle lui donna dix-huit, dix-neuf ans, même s'il en paraissait plus. Peut-être était-il tout simplement du genre émotif.

Quand il leva les yeux de son livre, elle soutint son regard et sentit au fond d'elle un petit chatouillement proche de ce qu'elle éprouvait avant de lancer un éclair. Une fraction de seconde, elle eut l'impression que l'air entre eux crépitait d'énergie. Elle lui sourit. Les joues en feu, il replongea précipitamment dans sa lecture. C'était bel et bien un émotif!

À n'importe quel autre moment, elle aurait flirté avec lui, mais le feu du tunnel passa du rouge au vert et elle en oublia son admirateur. Le train s'arrêta, elle monta et s'installa près de la porte. Il y avait quelques voyageurs dans la rame, pour la plupart des banlieusards qui rentraient chez eux après avoir fait la fête.

Quand elle quitta le métro quelques stations plus loin, elle crut voir le type en jean moulant descendre du wagon suivant. Elle se retourna. Il n'y avait personne derrière elle. Elle le chassa de son esprit et emprunta le passage qui menait à sa correspondance.

À présent qu'elle avait mis suffisamment de distance entre ses ennemis et elle, elle prit le temps de compter ses gains de la soirée. Dépitée, elle n'avait récolté que deux cents dollars. En temps normal, elle extorquait au moins le double aux dealers du parc. Elle glissa les billets dans son soutien-gorge, le front plissé de déception.

Il lui fallait du liquide pour la prochaine urgence. Et elle n'avait pas besoin de consulter un oracle pour deviner que celle-ci n'allait pas tarder. Même si son père envoyait régulièrement de l'argent, sa mère avait le don de le dépenser dans des achats inutiles – un écran extra plat géant ou deux jours de thalassothérapie. C'est ainsi que Cally devait souvent payer la facture d'électricité ou les mensualités de l'appartement. Elle se demanda brièvement ce que sa mère serait devenue si sa fille s'était fait planter*, mais cette pensée la déprima tellement qu'elle la balaya aussitôt de son esprit.

« À quoi bon t'inquiéter pour des choses qui ne sont pas arrivées ? se dit-elle. Dépêche-toi de rentrer à la maison, point. Dans une dizaine de minutes, tu seras hors de danger. »

Soudain, elle entendit un bruit de pas. Un homme descendait les marches dans son sillage. Une vague d'angoisse la submergea lorsqu'elle se rendit compte que la station était déserte.

Elle courut se dissimuler derrière l'une des colonnes d'acier qui bordaient le quai et scruta les alentours à la recherche d'une meilleure cachette.

Si seulement elle avait eu plus d'expérience de ce genre de situation... Elle n'avait pas assez récupéré pour pouvoir lancer le moindre éclair. Il ne lui restait plus qu'à compter sur les armes à sa disposition. Elle se concentra et entra en contact avec un être marron et poilu tout près d'elle.

Alors que l'homme arrivait au bas des marches, un rat de la taille d'un chaton surgit de nulle part, ses petits yeux méchants brillant comme des diamants noirs. Il se dressa sur ses pattes postérieures et, dans un cri féroce, sauta sur la jambe de l'inconnu.

— Qu'est-ce que c'est que ça ? hurla celui-ci. Lâche-moi, sale bête ! Va-t'en ! Au secours !

Il eut beau se débattre, le rat l'escalada tout en le mordant cruellement de ses petites dents jaunes et pointues. En quelques secondes, il atteignit son visage. L'homme voulut se protéger les yeux et, dans son affolement, bascula sur la voie. Le rat prit la poudre d'escampette et disparut dans l'obscurité du tunnel.

Cally se pencha sur le corps ensanglanté et fut prise de panique quand elle reconnut le garçon avec lequel elle avait échangé un long regard quelques minutes plus tôt. Elle avait jeté le rat sur lui avec l'intention d'en profiter pour s'enfuir. Il ne lui était pas venu à l'idée qu'il pourrait se retrouver gravement blessé.

— Quelle idiote ! gémit-elle.

Un grondement lointain, suivi d'un déplacement d'air qui souleva un nuage de détritus, annonça l'arrivée d'un train. Comprenant qu'il n'y avait pas une seconde à perdre, Cally sauta du quai.

— Ne bougez pas ! brailla-t-elle en s'allongeant de tout son poids sur sa victime.

— Qu'est-ce que vous faites ? s'affola le garçon, les yeux écarquillés de terreur, lorsqu'elle plaqua son visage contre le sien comme pour l'embrasser.

— Je vous sauve la vie !

Cally huma avec volupté le sang qui s'écoulait de ses blessures et lutta contre la faim qu'il éveillait en elle. Ce n'était pas le moment de se laisser distraire.

— Pas un geste, sinon on va se faire découper en rondelles.

Le sol se mit à trembler et un grondement de tonnerre leur assourdit les oreilles. Cally enfonça son visage dans la poitrine du jeune homme, qui, pétrifié, regarda les wagons passer à quelques centimètres de leur tête.

Au bout de ce qui leur parut une éternité, la rame s'immobilisa au-dessus d'eux.

— Et maintenant? murmura l'inconnu d'une voix rauque.

— On attend qu'il reparte, chuchota-t-elle. Personne ne sait que nous sommes là. Et, si on appelle à l'aide, personne ne nous entendra.

Il la serra davantage contre lui. Elle écouta battre son cœur tout en humant son odeur. Elle la trouva étrangement rassurante, réconfortante même.

Enfin, une sonnerie retentit, les portes du train se refermèrent et le convoi s'ébranla. Cally resta parfaitement immobile quand les wagons passèrent en cliquetant au-dessus d'elle, pétrifiée à l'idée que le moindre mouvement pouvait leur coûter un membre. La poitrine du garçon était chaude sous la sienne. Elle ferma les yeux et inspira profondément afin de pouvoir se rappeler son odeur, plus tard.

Une fois le dernier wagon passé, elle releva la tête et regarda autour d'elle.

— C'est bon. Vous pouvez me lâcher.

— Quel dommage! J'étais si bien! s'exclama-t-il avec un petit rire.

Elle se leva.

— Il faut vous sortir d'ici au plus vite.

— Ouais, c'est pas une mauvaise idée.

— Ohé? Y a quelqu'un? Un voyageur est tombé sur la voie!

Elle tendit l'oreille, mais seul l'écho de ses paroles lui répondit.

— Vous pouvez vous mettre debout ?

Il hocha la tête.

— Oui, je crois.

Mais à peine Cally l'eut-elle aidé à se redresser qu'il fit une grimace et s'évanouit. Elle tituba légèrement sous ce poids mort, avant de le soulever sans effort pour le charger sur son épaule et le remonter sans peine sur le quai. Elle l'assit doucement sur un banc et lui caressa la joue pour essuyer une trace de sang.

— Hé ! Qu'est-ce que vous fabriquez ?

Un employé du métro se précipitait vers eux d'un air inquiet. S'apercevant brusquement qu'elle était couverte de poussière et de cambouis, Cally pensa qu'il la prenait pour une clocharde en train de détrousser un voyageur.

— Il faut appeler une ambulance, s'empressa-t-elle de déclarer. Je crois que mon ami est blessé. Il est tombé sur la voie.

— Dieu du ciel ! Mais comment il a réussi à remonter ?

— Je suis allée le chercher.

L'homme lui jeta un regard dubitatif.

— Une gamine comme vous a pu ramener ce gaillard, toute seule ? Allons donc !

Cally haussa les épaules :

— C'est l'adrénaline, sans doute, ou l'émotion. Vous

n'avez pas entendu parler de cette femme qui a soulevé une voiture pour sauver son enfant ?

Apparemment satisfait de ses explications, l'homme alluma son talkie-walkie.

— Allô, le central, ici Colina. Il y a eu un accident sur la voie. À vous !

Il enfonça le bouton du récepteur, mais seul un grésillement sortit du haut-parleur.

— La réception est pratiquement nulle, ici. On est à quinze mètres sous terre. Il faut que je monte au niveau supérieur. Vous êtes sûre que ça va aller ?

— Oui, oui. Je vais rester avec lui jusqu'à votre retour.

Tandis que l'employé grimpait l'escalier quatre à quatre, le jeune homme geignit de douleur. Cally posa la main sur son épaule.

— Ne vous agitez pas. Vous avez dû vous casser quelque chose en tombant.

Il inspira à fond et fit une grimace.

— Vous avez raison. J'ai sans doute une ou deux côtes fêlées. Je vous dois la vie, ajouta-t-il en levant la tête vers elle, dévorant de ses grands yeux bruns ses lèvres, son visage, ses cheveux. Rien ne vous forçait à venir à mon secours.

— Je parie que vous auriez réagi comme moi si les rôles avaient été inversés.

Un nuage assombrit le regard du jeune homme et il détourna les yeux.

— Peut-être.

Cally se tourna vers le quai.

— Je crois que mon métro arrive.

— Oh, vous n'allez pas me laisser ?

— Ne vous inquiétez pas, les secours ne vont pas tarder. Tout ira bien.

— Je vous en prie ! Ne partez pas !

— Écoutez, je risque d'avoir des tas de problèmes si je reste.

— Mais vous ne m'avez même pas dit votre nom.

— Cally.

— Ça me plaît bien, dit-il avec un sourire. Moi, c'est Peter.

Cally lui rendit son sourire tout en lui pressant la main.

— Ça me plaît aussi. Prenez soin de vous.

Peter Van Helsing regarda Cally sauter dans le train J et lui faire au revoir depuis son siège contre la fenêtre. Il leva une main ensanglantée pour lui répondre tout en se demandant ce qu'il allait raconter à son père. Ce soir, c'était sa première mission en solo : on lui avait confié la surveillance de la station de métro la plus proche du parc au cas où la cible échapperait à l'équipe du grand Ike.

Il plongea la main dans sa veste en jean, prit le pieu qui y était dissimulé et le jeta dans la poubelle près du banc, comme on le lui avait appris. Les secouristes seraient bientôt là et il ne fallait surtout pas que des étrangers viennent mettre leur nez dans les activités de sa famille.

Chapitre 5

Oliver quitta le parc à toutes jambes.

— Dépêchez-vous ! hurla-t-il. Il faut retrouver nos voitures avant que les Van Helsing appellent des renforts !

— J'ai cassé mon talon ! gémit Carmen.

Oliver revint précipitamment vers elle, s'agenouilla et arracha le talon de son autre escarpin.

— Maintenant, tu as des chaussures plates !

— Ils étaient tout neufs !

— Comme ça, tu seras bien sapée quand ils t'enfonceront leur pieu dans la poitrine et qu'ils te trancheront la tête ! Si tu me ralentis encore, je te jure que je t'abandonne aux Van Helsing. Je plaisante pas !

Le regard d'Oliver suffit. Sans commentaire, Carmen envoya valser ses chaussures. Le claquement de ses pieds nus résonna dans la rue.

Sergueï ralentit pour les attendre.

— Où est Tanith ?

— La dernière fois que je l'ai vue, elle était avec Jules, répondit Melinda. On va être obligés de voler pour rentrer. Si on ne retrouve pas Jules ou Tanith, on pourra jamais remonter dans leurs voitures, ajouta-t-elle avec un geste vers les limousines garées au bout de la rue.

Le chauffeur des Graves était adossé au capot de la Mercedes, les bras croisés, le regard perdu dans le vague ; celui des Laval astiquait le pare-brise de la Bentley.

— Voler ? s'exclama Carmen. Tu plaisantes, j'espère ? C'est tout juste si j'arrive à me métamorphoser plus de cinq minutes et y en a pour plus d'un quart d'heure jusque chez nous.

— C'est dangereux, en effet. Aucun d'entre nous ne vole correctement. Mais il faut nous mettre à l'abri le plus vite possible.

— Et s'ils ont déjà déployé leurs intercepteurs ? s'affola Oliver. Il paraît que les Van Helsing ont entraîné des aigles et des condors à capturer les vampires en plein vol.

— Je l'ai entendu dire, moi aussi, acquiesça Carmen. D'après ma tante, ils couvent même des œufs de gargouilles pour les dresser dès leur éclosion. Des gargouilles, Melinda ! Comme si les aigles ne suffisaient pas ! Comment veux-tu te défendre contre une gargouille ?

— Tu te tracasses pour rien, marmonna son amie.

Ce ne sont que des racontars, des légendes urbaines, rien de plus.

— Je te rappelle que c'est ce que prétendaient Lilith et Tanith à propos des Van Helsing, et regarde ce qui leur est arrivé, protesta Carmen d'une voix tremblante. En tout cas, une chose est sûre, je crève de trouille, j'ai mal aux pieds et je veux rentrer chez moi !

— Je vais parler au chauffeur de Tanith, déclara Sergueï. Peut-être qu'il reconnaîtra mon odeur…

— Sois prudent, le mit en garde Oliver. Les morts-vivants n'ont peut-être pas les pouvoirs des Sang-Pur, mais ils peuvent se montrer mauvais.

Sergueï se dirigea vers la Bentley. Dès qu'il le vit approcher, le chauffeur se dressa, sur le qui-vive.

— Dixon, c'est moi, dit Sergueï en le saluant de la main. Tu me reconnais ? On voudrait juste monter dans la voiture, mes amis et moi…

Avec un grondement digne d'un chien de garde, le chauffeur découvrit ses crocs et des éclairs rouges jaillirent de ses yeux.

Sergueï battit en retraite.

— Waouh ! Te fâche pas ! Y a rien à faire ! cria-t-il aux autres. Et ce sera pareil avec le chauffeur de Jules. Gargouilles ou pas, va falloir voler !

— Non ! s'écria Melinda. Voilà Jules !

Sergueï et les filles se retournèrent. Le garçon clopinait vers eux, une flèche plantée dans la cuisse. Il s'arrêta pour l'arracher d'un coup sec et la brisa en deux comme une allumette.

— Les Fondateurs soient loués ! s'écria Carmen en lui jetant les bras autour du cou. On te croyait mort !

Jules lui étreignit le bras.

— Je savais que ces bâtards n'arriveraient pas à t'attraper, gloussa Sergueï, soulagé.

— Où sont Lilith et Tanith ? s'inquiéta Melinda.

— Vous n'avez pas vu ? demanda Jules, stupéfait.

— J'ai bien peur que non, avoua Oliver. Dès que tu as crié « Van Helsing », on a filé ventre à terre.

— Jules, qu'est-ce qui s'est passé ? murmura Melinda, saisie d'angoisse.

— Tanith est morte.

Carmen se plaqua la main sur la bouche.

— Oh non !

Sergueï cligna les yeux de stupeur.

— Quoi ! Tu es sûr ?

— Oui, je suis désolé, vieux.

— Et Lilith ? s'enquit Carmen d'une voix brisée. Elle n'a rien ?

— Je l'ignore. J'espérais la trouver avec vous.

— Qu'est-ce qu'on va faire ? gémit Melinda.

— Je ne partirai pas sans Lilith ! s'exclama Jules. Nous avons déjà perdu Tanith ; je ne veux pas la perdre, elle aussi.

À cet instant, un animal de la taille d'un lévrier irlandais, au poil trempé et au regard étincelant, déboucha de la rue qui menait au parc. Il se précipita vers Jules et se dressa sur ses pattes arrière pour lui lécher le visage.

— Lilith ! Tu as réussi à leur échapper !

Il se retrouva soudain avec la jeune fille dans les bras, complètement nue, les cheveux ruisselant dans son dos, et qui l'embrassait goulûment.

— Oh, mon Dieu ! s'extasia Oliver.

Jules retira vite sa veste et couvrit sa promise.

— Désolée, s'excusa-t-elle piteusement. Les robes de Dolce & Gabbana ne résistent pas aux métamorphoses !

— Je suis si heureux que tu sois saine et sauve ! se félicita Jules en la serrant contre lui.

— Faut pas rester ici ! J'ai entendu les Van Helsing dire que leurs renforts allaient bientôt arriver.

— On devrait tous tenir dans ma limousine, déclara Jules en se tournant vers son chauffeur. Marcel ! On s'en va !

Marcel rangea son chiffon et ouvrit la portière arrière.

Melinda, Oliver, Carmen, Jules et Lilith s'entassèrent sur la banquette. Sergueï monta à l'avant.

Tandis que la voiture démarrait, Lilith se tortilla pour regarder une dernière fois Dixon. Appuyé contre la Bentley, les bras croisés, il attendait patiemment sa maîtresse. Il resterait ainsi jusqu'à ce que le soleil se lève et le transforme en cendres.

Le portier de nuit du Balmoral ne haussa même pas les sourcils lorsque Lilith traversa le hall simplement vêtue de la veste de son petit ami.

Lilith entra dans l'ascenseur et appuya sur le bouton du dernier étage. Une fois les portes refermées, elle se mit à trembler des pieds à la tête.

Pendant le trajet de retour, elle avait pris sur elle pour ne pas craquer et paraître forte devant les autres. Pourtant, ce qui s'était passé dans le parc l'avait bouleversée. Elle n'avait encore jamais vu personne mourir, ni imaginé que la première agonie à laquelle elle assisterait serait celle de sa meilleure amie.

Cette soirée lui avait brutalement rappelé comme le monde était dangereux, surtout pour de jeunes vampires, comme elle, qui apprenaient à survivre dans cet univers sans pitié.

Chaque fois qu'elle fermait les yeux, elle revoyait Tanith étendue sur le sol comme un jouet brisé. Si elle ne s'était pas écartée au dernier moment, c'était elle qui se serait retrouvée à la place de son amie. Elle secoua la tête afin de chasser cette idée de son esprit.

« Tout est la faute de cette maudite Sang-Neuf, songea-t-elle. Si elle n'avait pas attiré l'attention des Van Helsing en déclenchant une tempête, rien de tout cela ne serait arrivé. »

À la réflexion, ce qui l'exaspérait le plus dans cette histoire, c'était que l'arrivée des Van Helsing et la mort de

Tanith avaient interrompu son duel avec la sang-de-navet. D'accord, la fille l'avait prise de court avec sa tornade, mais Lilith était certaine qu'elle aurait fini par l'emporter sur elle. Que cette garce ait réussi à s'échapper la révoltait. Elle devait déjà se vanter devant ses amis de la façon dont elle avait humilié une Sang-de-Race.

Elle entendait encore ses injures résonner à ses oreilles. Jeteuse d'éclairs ou pas, il n'y avait pas une seule sang-de-navet digne de lui lécher les bottes. Lilith se jura que si jamais elle revoyait cette fashion victime de pacotille, elle lui arracherait la langue. Ça lui apprendrait à oser lui adresser la parole !

Les portes de l'ascenseur s'ouvrirent sur le hall privé qui servait d'antichambre à son appartement. Le majordome de la famille l'attendait.

— Bonjour, mademoiselle Lilith, la salua-t-il avec son accent britannique impeccable, sans montrer la moindre réaction devant sa tenue. Le maître souhaiterait vous voir.

— Là, tout de suite, Curtis ? gémit-elle. Je viens de passer une soirée vraiment pourrie, comme tu peux le constater, et je suis crevée…

— Votre père a longuement insisté pour vous parler dès votre retour. Et, continua le maître d'hôtel en sortant un montre de son gousset, cela fait sept heures, vingt-six minutes et cinquante-huit secondes que je vous attends.

— Très bien, soupira-t-elle, vaincue.

Si les domestiques morts-vivants de la famille lui obéissaient au doigt et à l'œil, ils faisaient néanmoins passer les desiderata de son père avant les siens.

— Suivez-moi, mademoiselle Lilith, dit Curtis en lui ouvrant la porte d'entrée. Le maître est dans son bureau.

Quelle que soit la raison pour laquelle son père désirait la voir, le fait qu'il l'attende dans son bureau lui fit craindre le pire. Elle pouvait compter sur les doigts de la main le nombre de fois où elle avait été convoquée dans ce sanctuaire.

Promoteur et PDG d'HemoGlobe, la plus grande et plus prospère des banques du sang du pays, Victor Todd avait à lui seul révolutionné le mode de vie des vampires, qu'ils soient Sang-Pur ou morts-vivants. Grâce à un approvisionnement régulier en sang conditionné, auquel ils pouvaient souscrire par abonnement, ceux-ci n'avaient plus besoin de chasser à longueur de nuit pour se nourrir. À présent, hormis les plus démunis, les vampires pouvaient se consacrer à d'autres occupations et profiter de la vie.

Pour ces gens-là, Victor Todd représentait Gutenberg, Marie Curie et Bill Gates réunis en une seule et même personne. Mais, pour Lilith, c'était le maître qui régissait le plus infime aspect de son existence, du moins jusqu'au jour où elle serait en âge d'épouser Jules et deviendrait comtesse de Laval.

Tout en suivant Curtis, Lilith se surprit à considérer les tableaux qui couvraient les murs du long couloir. Son attention fut un moment retenue par un portrait de ses grands-parents, Adolphus Todeskönig et Marcilla Karnstein, morts des décennies avant sa naissance. Tout ce qu'elle savait d'eux, c'était qu'Adolphus avait poignardé Pieter Van Helsing lorsque le légendaire chasseur de vampires avait tué sa femme adorée. Lilith aurait juré que Marcilla avait tourné la tête pour la regarder passer.

Curtis hésita avant de frapper doucement à la porte.

— Mademoiselle Lilith est là, monseigneur.

— Qu'elle entre !

Lilith avala sa salive et resserra sur elle les revers de sa veste. Même si elle refusait de l'admettre, elle avait peur de son père.

Curtis lui tint la porte ouverte.

— Avez-vous besoin d'autre chose, maître Victor ?

— Non, vous pouvez disposer, Curtis.

— Merci, maître, dit le majordome d'une voix où perçait le soulagement.

Victor Todd se détourna de l'écran de son ordinateur et observa sa fille. Avec sa fortune et son physique avantageux, c'était un des hommes les plus séduisants de la jet-set.

— J'espère que tu n'as pas quitté la maison dans cette tenue, jeune fille, grommela-t-il.

— Non, père, répondit-elle d'une toute petite voix. Si vous êtes occupé, j'ai peut-être le temps d'aller me changer en vitesse.

— Non, reste. J'ai fini. Je regardais la Bourse et mes derniers investissements. Nous devons parler. Pour commencer, j'aimerais entendre ta version des événements de l'autre nuit au club ; ensuite, tu m'expliqueras comment tu t'es retrouvée dans cette tenue.

— Tu es au courant de ce qui s'est passé au Clocher ? s'écria Lilith pour gagner du temps.

— Évidemment ! rétorqua-t-il d'un ton las. J'en suis copropriétaire. Depuis le temps, tu devrais savoir que je possède des intérêts dans tous les établissements ouverts aux vampires !

— On voulait juste s'amuser, rien de plus, bredouilla Lilith en contemplant le tapis. Je n'étais pas seule. Tanith et Carmen l'ont mordu, elles aussi.

— Je me moque de ce que les autres ont fait, déclara Todd d'un ton sévère. Ce ne sont pas mes filles, toi si.

— Oui, père.

— Qu'est-ce qui t'a pris d'aller saigner un humain dans ce club ? Sans parler des problèmes de sécurité, t'es-tu demandé une seconde si tu étais prête à assumer la responsabilité de transformer un homme en mort-vivant ?

— Ça ne risquait pas ! Je suis trop jeune pour créer un mort-vivant.

— Plus pour très longtemps, Lilith. Dans quatre ans,

cinq au plus, tu seras adulte. Tu perdras le pouvoir de te réfléchir dans les miroirs, tu vieilliras dix fois moins vite que les humains et tous ceux que tu mordras seront transformés en morts-vivants…

Lilith leva les yeux au ciel, horriblement gênée.

— Papa, je ne suis plus un bébé. Je sais tout ça.

— Je préfère clarifier les choses avant qu'il soit trop tard. Ce n'est pas sur ta mère que je peux compter pour te mettre les points sur les *i*, n'est-ce pas ?

— Non, père.

Lilith ne se souvenait pas de la dernière fois où elle avait eu un semblant de conversation avec sa mère. Après avoir consacré plus d'une centaine d'années à essayer de donner un héritier aux Todd, Irina Viesczy évitait son enfant et son époux.

— Créer des morts-vivants est une grave responsabilité, Lili. Ils te servent sans se plaindre et sans rechigner pendant des siècles. Il y a même de fortes chances qu'ils te survivent et qu'ils soient transmis à tes héritiers le moment venu, comme Bruno, Esméralda et Curtis. Tous sont prêts à tuer ou à mourir pour toi, car, si jamais tu venais à trépasser avant d'avoir pu transmettre ta saigneurie, même à un usurpateur*, ils disparaîtraient eux aussi. Les morts-vivants sont les fondements du pouvoir sur lequel repose notre société. Souviens-toi : il vaut mieux avoir des cryptes pleines de morts-vivants que des caves remplies d'or. Pourquoi ? Parce que les vampires possédant la plus grande saigneurie détiennent le pouvoir. Ce n'est pas plus compliqué que ça! Mais, j'ai beau être puissant, si tu attires l'attention sur nous, tu devras en répondre devant le Synode. L'homme que tu as attaqué au club est connu, Lilith. Et, à l'ère du réseau satellite, des podcasts et des chaînes d'info en continu, nous devons protéger notre secret plus que jamais. Si le juge t'accuse d'avoir mis notre peuple en danger, on t'arrachera les crocs.

— Quelle barbarie! protesta Lilith en se couvrant machinalement la bouche.

— En effet. Autrefois, cela équivalait à une condamnation à mort, puisque le vampire puni ne pouvait plus se nourrir. Comprends-tu mieux à présent pourquoi il faut éviter de faire quoi que ce soit qui risque de te conduire devant le Synode?

— Oui, père, marmonna-t-elle.

— Tu ne voudrais pas non plus inciter le comte de Laval à revenir sur sa décision d'unir nos deux familles, n'est-ce pas? Promets-moi donc de ne plus jamais saigner un humain dans le club.

— Oui, père.

— Très bien, murmura-t-il avec un soupir de soulagement. Maintenant, peux-tu me dire où est passée ta robe?

— Elle s'est déchirée quand je me suis transformée.

— Tu t'es transformée! explosa-t-il. Mais comment est-ce arrivé?

Lilith regarda ses pieds.

— C'est une longue histoire.

— Je m'en doute !

— Je suis désolée, papa. Franchement, je n'y suis pour rien. On s'est retrouvés chez Tanith et on s'ennuyait. Et, comme on ne pouvait plus aller au club, on a décidé de se rendre à Washington Square…

— Qui a eu cette brillante idée ?

— Jules.

À la mention de son futur gendre, son père s'adoucit.

— Mais pourquoi le Village ?

— On voulait juste faire la fête, je t'assure.

— Tu mens, Lilith. Ou du moins tu me caches quelque chose. Et j'ai eu une longue nuit ; je suis trop fatigué pour jouer au plus fin avec toi. Si tu ne me dis pas pourquoi vous avez choisi cet endroit, j'ordonne qu'on annule toutes tes cartes de crédit, déclara-t-il en se penchant vers son interphone.

— D'accord, tu as gagné, murmura-t-elle en s'affaissant sur son siège. On voulait chasser.

Victor Todd bondit de sa chaise comme si elle était électrifiée.

— Quoi ? hurla-t-il d'une voix qui fit trembler les murs. Vous êtes complètement cinglés ! Après tout le mal que je me suis donné ! Le but d'HemoGlobe, c'est de reléguer ce comportement dans le passé ! Par les Fondateurs, mon enfant, qu'est-ce qui vous a pris ?

— On pensait que c'était sans danger…

— Voyons, c'est comme la roulette russe ! On finit toujours par se faire avoir. Chaque fois que vous sortez dans un lieu public, vous courez le risque d'être attaqués par les Van Helsing ! Toi, en particulier, tu sais comme on te remarque dans une foule !

— On est restés discrets. Tout se serait bien passé sans cette abrutie de Sang-Neuf. Il a suffi qu'elle apparaisse pour que ça dégénère.

— Une Sang-Neuf ? rugit M. Todd.

— Oui. C'est elle la responsable. Sans elle, jamais les Van Helsing n'auraient détecté notre présence.

— Qu'est-ce qu'elle a fait ?

— Elle m'a lancé un éclair.

— Une jeteuse de foudre ? Tu es sûre ? Pourtant, tu viens de me dire que c'était une Sang-Neuf ?

— Je l'ai cru. Comme je connais tous les jeunes Sang-de-Race et que je ne l'avais jamais vue…

— Ensuite ?

— Tanith a reçu une flèche en plein cœur, souffla Lilith.

— Par tous les Fondateurs ! Et elle est…

Lilith hocha la tête.

M. Todd frotta sa lèvre inférieure avec son index, signe de profonde perplexité.

— Je vois. Eh bien, va te coucher, Lilith. Il faut que je prévienne Dorian et Georgina.

Victor Todd regarda sa fille quitter son bureau. Avant

de refermer la porte derrière elle, elle leva sur lui des yeux emplis de larmes.

— Papa ? l'implora-t-elle. Tu ne vas pas me supprimer mes cartes de crédit ?

— Non, princesse, soupira-t-il. Bien sûr que non.

Chapitre 6

Cally habitait avec sa mère au septième et dernier étage d'un ancien entrepôt d'orgues et autres instruments de musique volumineux reconverti en appartements destinés aux artistes, aux étudiants et aux cadres qui n'avaient plus les moyens de se loger dans le Lower East Side.

Comparé aux endroits où elles avaient vécu auparavant, leur trois pièces était un véritable palace. Le salon possédait une vue superbe ainsi qu'un grand balcon qui donnait sur le Williamsburg Bridge. La cuisine était équipée de tous les appareils imaginables, y compris une cuisinière à six feux bien inutile puisque la mère de Cally ne savait pas faire cuire un œuf et n'avait aucune intention d'apprendre.

À peine sortie de l'ascenseur, Cally entendit vibrer les graves du home cinéma. Elle soupira. Elles allaient encore recevoir un rappel à l'ordre des copropriétaires.

Sa mère, Sheila Mount, vautrée sur le vieux canapé en velours rouge, regardait pour la énième fois le *Dracula* de Francis Ford Coppola. Cally reconnut la scène où Anthony Hopkins et Keanu Reeves font irruption dans la chambre de Winona Ryder et la surprennent dans les bras de Gary Oldman.

— Je suis rentrée ! cria-t-elle pour couvrir le vacarme qui montait des enceintes.

Les rideaux ouverts laissaient voir l'East River derrière les immenses fenêtres.

Sheila se retourna d'un bond, surprise par l'arrivée de sa fille. Elle pianota sur la télécommande et réduisit à peine le volume sonore.

— Ma chérie ! Te voilà enfin ! J'avais hâte que tu rentres. Nous devons parler, toutes les deux.

Elle se leva, vêtue d'un négligé lavande aux manches chauve-souris et coiffée d'une longue perruque noire striée d'une mèche blanche. Sheila assortissait toujours ses tenues à son humeur. Quand elle voulait jouer les femmes fatales et distantes, elle s'habillait comme Morticia Adams. Si elle se voulait responsable et maternelle, elle imitait Lily Munster.

— Parler ? Mais de quoi ? demanda Cally avec lassitude.

— Figure-toi que j'ai reçu des nouvelles de ton père, ce soir, continua gaiement sa mère.

— Tiens ! Il se souvient de mon existence !

— Tais-toi, ma chérie, tu es injuste ! protesta sa mère en serrant ses mains sur sa poitrine en un geste théâtral. Ton père s'inquiète énormément pour toi…

Cally traversa le salon et observa par la fenêtre le pont qui brillait dans la nuit.

— …et il a décidé de t'offrir une chance unique, poursuivit sa mère avec fierté. À partir de lundi, tu iras à l'Académie Bathory.

Cally se retourna, les yeux ronds.

— Qu'est-ce qu'il veut que j'aille faire là-bas ? J'ai obtenu les félicitations à Varney Hall, cette année.

— Justement, ma chérie. Comme ton père est un personnage très important et surchargé de travail, il vient seulement de voir tes résultats, et il a été très impressionné. Il trouve que tu perds ton temps à Varney. C'est un bon établissement, mais ça reste une école pour Sang-Neuf. Ton père veut ce qu'il y a de mieux pour toi ! N'est-ce pas merveilleux ?

Cally secoua la tête, folle de rage.

— Je refuse ! Tous mes amis sont à Varney. Je ne mettrai pas les pieds dans cette école pour Sang-de-Race snobinards !

Le sourire de Sheila Mount s'évanouit et elle commença à se tordre les mains, ce qui était toujours mauvais signe.

— Tu n'as pas le choix, Cally ! Si tu t'obstines, ton père cessera de nous protéger et il nous coupera les vivres. Il faudra qu'on déménage.

Cally se plaqua les mains sur la tête comme pour l'empêcher d'exploser.

— Déménager ? Je croyais que tu avais acheté cet appartement avec l'argent que grand-mère t'a laissé !

— Il m'a servi pour l'apport initial. C'est ton père qui rembourse les mensualités et paie les charges.

— Peut-être que je comprendrais mieux si je savais qui il est en réalité ! Je ne l'ai jamais vu, je n'ai même jamais entendu le son de sa voix ! J'ignore jusqu'à son nom. Tout ce que je sais, c'est qu'il est bien trop occupé et important pour passer du temps avec moi, qu'il est marié et qu'il a honte de me reconnaître !

— Je t'en prie, Cally, ne dis pas ça ! Tu es injuste. Ma mère a tout fait pour l'éloigner de toi, et tu le sais. Crois-moi, lorsqu'il sera prêt à te révéler son identité, il le fera. En attendant, c'est plus sûr pour toi d'ignorer qui il est. C'est un homme puissant, avec des ennemis redoutables prêts à tout pour détruire sa postérité.

— C'est tout ce que je suis pour lui ? Une assurance contre l'extinction de sa race ?

Sheila ouvrit la bouche pour protester, avant de se raviser et de détourner les yeux. Cally poussa un grognement de dégoût.

— Ouais, c'est bien ce que je pensais. Si tu as besoin de moi, je suis dans ma chambre, grommela-t-elle en pivotant vers le couloir.

Sheila l'attrapa par le poignet.

— Je t'en prie, Cally, je t'en supplie, obéis à ton père ! Je ne veux plus déménager ! Je me plais à Williamsburg, et toi aussi. Je me sens bien ici. Personne ne me dévisage en écarquillant les yeux quand je sors dans la rue. Je ne souhaite pas me retrouver dans un endroit où les voisins nous traiteront comme des monstres.

— Maman, ne m'impose pas ça, c'est injuste !

— Je t'en supplie, Cally ! insista sa mère d'une voix chevrotante, alors que les larmes commençaient à faire couler son mascara. Fais-le pour moi…

Cally serra les dents et poussa un long soupir.

— D'accord, maman. Tu as gagné.

Chapitre 7

L'Institut Van Helsing, le plus ancien organisme chargé de l'élimination des êtres surnaturels, avait son siège dans une propriété géorgienne de sept hectares, située dans le nord-ouest du Connecticut, royaume des chevaux. Depuis dix-huit ans et demi, ce domaine servait de foyer et d'école à Peter Van Helsing, dont le destin était de reprendre les rênes de la compagnie et de marcher sur les traces de ses ancêtres. Du moins le croyait-il avant de croiser le chemin de Cally.

Peter s'avança à pas lents vers l'immense bureau d'acajou qui trônait devant la cheminée. Au moindre mouvement, une douleur fulgurante lui rappelait ses côtes fêlées. Il avait de la chance que son père ne soit pas là, car il ne savait toujours pas ce qu'il allait pouvoir lui raconter.

Il contempla le portrait de son arrière-arrière-grand-père accroché au-dessus de la cheminée. Avec son épaisse cravate noire nouée sur un col large à la mode des années 1830, le tristement célèbre Pieter Van Helsing semblait toiser son dernier descendant d'un air désapprobateur.

Un pincement de culpabilité presque aussi douloureux que ses côtes força Peter à détourner les yeux. Son regard tomba sur les piles de dossiers bourrés de rapports, de photos et de coupures de journaux qui couvraient le bureau. Il y avait longtemps que le contenu des classeurs en kraft avait été transféré sur l'ordinateur de l'Institut, mais son père était âgé et il s'obstinait à travailler sur des documents comme autrefois.

Dans un raclement de chaînes, la gargouille couchée devant le feu leva la tête et poussa un grondement si profond que Peter le sentit plus qu'il ne l'entendit. La créature, de la taille d'un bullmastiff, avait une peau gris-vert et des ailes de chauve-souris implantées sur ses omoplates. Elle huma l'air et son grognement céda la place à un ronronnement amical quand elle le reconnut.

— Tu veux une friandise, Talus ?

La gargouille, d'excitation, battit de la queue quand Peter souleva le couvercle d'une vieille boîte à cigares et lui lança une souris morte. Talus la happa au vol et jeta à Peter un regard implorant.

— Une, ça suffit ! Tu ne voudrais pas que papa m'accuse de t'avoir coupé l'appétit avant le souper !

Pile à cet instant, les portes du bureau s'ouvrirent sur le PDG de l'Institut Van Helsing. La mine grave et préoccupée, les cheveux grisonnants en désordre, on aurait dit le sosie de Ludwig van Beethoven.

— Peter! s'écria-t-il en se précipitant vers son fils. Mon courageux garçon! Comment vont tes côtes?

— Pas trop mal, répondit Peter, qui tressaillit quand son père l'étreignit. Les médecins des urgences ont diagnostiqué une bonne fêlure, mais rien de cassé. J'irai à l'infirmerie me faire soigner par le Dr Willoughby dès qu'il en aura fini avec Ike et Drummer.

— Je me réjouis que tu n'aies rien de grave. Sans compter que nous avons la chance de guérir vite. Te sens-tu en état de me raconter ce qui s'est passé dans le métro?

Peter haussa les épaules.

— Si tu y tiens.

Son père fronça les sourcils devant son manque d'enthousiasme.

— Quelque chose te tracasse? La dernière fois que je t'ai vu, tu mourais d'impatience de travailler en solo pour la première fois.

— Eh bien, en vérité, père, j'ai l'impression d'avoir déçu vos attentes et de ne pas avoir été à la hauteur.

— Ce n'est pas uniquement ta faute si la mission a échoué, mon fils. Tout est allé de travers. À ce propos…

Son père s'interrompit pour enfoncer la touche de l'interphone.

— Envoyez-moi Rémy.

— Tout de suite, monsieur, répondit une voix féminine.

Au moment où il allait s'asseoir, la gargouille leva la tête vers lui.

— Qui est content de voir son petit papa ? demanda-t-il en se penchant pour lui gratouiller les oreilles. C'est mon Talus !

— Je viens de lui donner une friandise, le prévint Peter. Ne vous laissez pas attendrir par ses mines d'affamé.

— Je suis faible avec lui, et il en profite, gloussa Van Helsing. Comment ne pas s'attacher à un animal qu'on a couvé ?

On frappa un coup discret à la porte, et Rémy passa la tête dans le bureau.

— Vous vouliez me voir, patron ?

Van Helsing, l'expression soudain sévère, lui fit signe d'entrer.

— En effet, Rémy. Je vous avais confié une mission relativement simple puisqu'il s'agissait de tendre une embuscade à une jeune fille. Expliquez-moi donc pourquoi mon meilleur attaquant est à demi électrocuté, mon chef d'équipe a une épaule luxée et mon fils est couvert de morsures de rats et a des côtes fêlées.

Rémy déglutit si fort que sa pomme d'Adam faillit disparaître.

— Patron, j'vais tout vous expliquer ! On maîtrisait parfaitement la situation, sauf qu'au moment où on allait s'emparer de notre cible un groupe de sang-rassis a débarqué…

Van Helsing leva un sourcil.

— Des adultes ou des jeunes ?

— Des jeunes. Du même âge que la jeteuse de foudre. Il y avait au moins trois suceurs de sang, deux filles et un garçon.

— En train de chasser, sans doute, murmura Van Helsing avec dégoût.

— L'une des filles s'est pris le bec avec la jeteuse de foudre. Et, à partir de là, les événements se sont précipités. Avant qu'on ait eu le temps de dire ouf, une tornade s'est abattue sur nous. Alors, le gros Ike a décidé de neutraliser les Sang-de-Race pour qu'ils ne tombent pas sur la jeteuse de foudre.

— Et il y est parvenu ?

Rémy hocha la tête.

— Il a réussi à empaler une des filles. On est d'ailleurs en train de préparer le trophée. Mais, après, tout s'est gâté. La jeteuse de foudre a attaqué Ike, le garçon nous a volé dans les plumes. Nous l'avons blessé, mais il a quand même réussi à déglinguer l'épaule de Drummer.

— Et l'autre fille ?

— Elle s'est enfuie. Je vous le répète, patron, on avait la situation parfaitement en main avant que les Sang-de-Race débarquent.

— Je vois… Et toi, Peter ? La suceuse de sang qui t'a attaqué dans le métro, c'était celle que Drummer avait repérée dans le parc ou c'était la jeteuse de foudre ?

— Je n'en sais rien, répondit son fils en se balançant d'un pied sur l'autre. Tout s'est passé si vite ! Je l'ai entraperçue avant que le rat me saute à la figure.

— As-tu néanmoins noté la direction qu'elle a prise ? Le centre ou la banlieue ?

— Le centre. Oui, j'en suis sûr.

— Très intéressant, murmura Van Helsing avant de noter l'information.

— Vous êtes certain que c'est la fille que vous cherchez ? bredouilla Peter.

Pourquoi avait-il menti à son père ? Pour protéger Cally ?

— Fiston, je n'ai jamais éprouvé une telle certitude de ma vie. Rémy, as-tu encore des agents qui travaillent hors de Manhattan ?

— Oui, deux. Ils surveillent le club de Williamsburg depuis qu'on y a repéré la jeteuse de foudre voilà quelques semaines.

— Demande-leur de se replier sur Midtown et l'Upper East Side. Si la grand-mère a cassé sa pipe, il y a des chances que la fille se rapproche de son père. Comme nous savons qui il est, il sera plus facile de le surveiller, lui. Il finira bien par nous conduire à elle.

Rémy tourna les talons et sortit.

Peter observa son père, qui relisait avec attention les notes éparpillées devant lui. Il les déplaçait du bout de l'index comme s'il cherchait à reconstituer un puzzle.

Ainsi plongé dans ses réflexions, il pouvait rester des heures sans prononcer une parole.

— Je te laisse, papa, annonça-t-il.

— Non, attends. J'ai encore des choses à te dire, fiston, répliqua Van Helsing sans lever la tête. Nous touchons au but. Ton grand-père – que son âme repose en paix – affirmait que l'arme la plus efficace dans l'arsenal du chasseur de vampires, c'est son intuition. Et la mienne me dit que nous sommes sur la bonne piste. Je le sens. Cette jeteuse de foudre est la fille que nous cherchons. Son âge correspond. Et je suis bien placé pour savoir que sa grand-mère maniait la foudre comme personne. Que sa petite-fille ait hérité de son don, quoi de plus naturel ? Elle pourrait représenter la plus grande arme contre les vampires que l'Institut Van Helsing ait jamais possédée depuis notre ancêtre.

— Et si elle refuse de nous aider ?

— Si elle ou sa grand-mère, au cas où celle-ci serait encore en vie, s'opposent à nos projets, on sera forcés de les éliminer.

Peter cligna les yeux de stupeur.

— Je croyais que sa grand-mère était une vieille amie à toi ?

— Exact, reconnut Van Helsing avec une pointe de regret. J'ai connu Sina Mount dans mon enfance. Elle a rejoint les Élites à l'époque où ton grand-père Leland les dirigeait. C'est une des plus puissantes magiciennes qui aient jamais travaillé à l'Institut. Quand elle a épousé Cyril Mount, le meilleur ami de ton grand-père et mon parrain, ni l'un ni l'autre n'étaient très jeunes et nous avons été très surpris par la naissance de Sheila. C'était une enfant gâtée et, pour embêter ses parents, elle passait son temps à regarder des films de vampires ou à lire des livres sur eux... Elle a fini par les fréquenter et a même réussi à s'amouracher de l'un d'eux. Le pauvre Cyril a eu une attaque quand il a vu sa fille partir avec ce monstre. Il est mort dans mes bras. Sina n'a plus jamais été la même après. Deux ans plus tard, sans prévenir, elle quittait l'Institut. Nous pensions tous que Sheila avait été transformée en morte-vivante, mais il semblerait que le suceur de sang en avait fait sa maîtresse. Quand elle s'est retrouvée enceinte, elle s'est réconciliée avec sa mère. Comprenant tout de suite quelle arme potentielle représentait cet enfant, j'ai contacté Sina. Elle a menacé d'utiliser ses pouvoirs contre moi si je m'approchais d'elle ou de sa petite-fille. J'ai alors compris que la femme que j'avais connue était irrémédiablement corrompue, comme tous ceux qui trafiquent avec les vampires et leur engeance.

— Mais de là à la tuer ! N'y a-t-il pas d'autre solution ? demanda Peter en essayant de masquer sa répulsion.

— Non. Il ne faut pas qu'elle tombe entre les mains de nos ennemis !

Peter, pris de vertiges, quitta le bureau de son père. Enfant, il lui était arrivé de mentir à ses parents. Mais ce qu'il venait de faire était bien plus grave que de nier avoir chapardé quelques gâteaux ou avoir joué au ballon dans la maison.

Jusqu'à ce jour, Peter n'avait poursuivi qu'un but : traquer les vampires pour les détruire, comme son père, son grand-père avant lui et ses aïeux depuis cinq générations. Moins de vingt-quatre heures auparavant, il était si content à la perspective de sa première mission en solo qu'il n'en avait pas fermé l'œil de la nuit ! Et, à présent, Cally occupait toutes ses pensées ! Il sentait encore le poids et la chaleur de son corps pressé contre le sien. Dès qu'il fermait les yeux, il revoyait son visage derrière la fenêtre du wagon qui partait vers Brooklyn et son sourire tandis qu'elle lui faisait au revoir de la main.

Peter était à la fois excité et effrayé par les émotions qu'il éprouvait. Son père affirmait que les vampires pouvaient corrompre le cœur le plus pur. Mais pas elle ! Elle n'était pas comme les autres. Qu'il soit encore en vie le prouvait.

Il brûlait d'envie de la revoir. Comment faire ? Il savait qu'elle habitait Brooklyn, mais où exactement ? Soudain, il se souvint des paroles de Rémy : on l'avait aperçue dans un club de Williamsburg. Il n'avait plus qu'à demander l'adresse à Rémy. Après tout, qui irait soupçonner le fils du patron d'être amoureux d'une vampire ?

Chapitre 8

Les Graves n'étant pas rentrés de voyage, ce fut à Lilith qu'il incomba d'organiser la totentanz* de Tanith. Cette réunion était l'occasion pour les proches d'échanger des témoignages de sympathie, de chanter, de boire et de danser à la mémoire d'un camarade tombé au combat, et surtout de faire un pied de nez à la mort.

Autrefois, ces fêtes duraient des semaines. Mais, dans un délai si court et tout le monde étant très occupé en ces temps modernes, la totentanz de Tanith se limiterait à une nuit de festivités.

— Ah, te voilà, ma chérie ! l'accueillit Sebastian, affichant une mine compassée de rigueur. J'ai été littéralement anéanti quand j'ai appris la nouvelle !

— Merci, Seb, répondit Lilith, tandis qu'ils s'embrassaient du bout des lèvres. C'est si gentil d'accueillir la totentanz de Tanith dans ton club.

— Je ne pouvais faire moins dans ces tristes circonstances, ma chérie. En plus, c'est toujours très calme le dimanche soir.

Grâce au courrier électronique et à la messagerie instantanée, la nouvelle de l'assassinat de Tanith par les Van Helsing s'était répandue telle une traînée de poudre parmi les élèves très sélects de Bathory et de Ruthven.

Lilith observa la foule de jeunes gens qui sirotaient des cocktails au rouge*.

— C'est génial d'avoir réuni tant de monde en prévenant si tard !

— Ohhh ! Renée, regarde ! Lilith est là !

Lilith laissa échapper un soupir excédé en reconnaissant Renée Grimshaw et Bianca Mortimer.

Elle leur adressa un sourire hypocrite.

— Ravie que vous ayez pu venir !

— Oh, nous n'aurions raté l'événement pour rien au monde ! s'exclama Renée. Tout le gratin est là !

— Je suis sûre que Tanith aurait apprécié ! rétorqua sèchement Lilith.

— Oh, Lilith ! C'est vrai qu'elle a été tuée sous tes yeux ? enchaîna Bianca, les yeux luisant de curiosité.

Renée tendit la tête, tel un rouge-gorge à l'affût d'un ver de terre.

— Oh, ça a dû être horrible, non ? Tu crois qu'elle a souffert ?

— J'en sais rien, répondit Lilith, déconcertée par cette avalanche de questions. Tout s'est passé si vite !

— Tu as dû avoir la peur de ta vie…

— N'est-ce pas Dustin Grabstein que j'aperçois là-bas ? s'écria brusquement Bianca. Tu sais, Renée, le type que tu trouves si craquant ! Viens vite !

— Au revoir, Lilith ! À demain soir à l'école ! lança Renée, que Bianca entraînait déjà.

Sebastian éclata de rire à la vue des deux filles qui s'éloignaient en titubant sur leurs talons aiguilles.

— Te prends pas la tête avec des abruties pareilles ! Je vais veiller à ce qu'on ne laisse monter que les vrais amis de Tanith.

Quand elle entra dans le Loft, Jules se leva pour l'accueillir, les yeux luminescents dans la lumière tamisée.

— Désolée d'arriver si tard, s'excusa-t-elle.

— Je t'aurais bien commandé quelque chose, mais j'avais peur que ça coagule. Je vais te chercher un verre…

Sa gentillesse la toucha. Elle s'assit à côté de Melinda et se rendit compte soudain qu'il manquait quelqu'un.

— Où est Sergueï ?

— Il ne doit pas être pas loin, répondit distraitement Oliver.

Lilith se demanda si Sergueï avait de la peine. Sans crier gare, des images du corps de Tanith gisant sur le sol surgirent devant ses yeux. Et, tout aussi brutalement, son propre visage prit la place de celui de son amie. Horrifiée, elle vit que ses mains tremblaient. Elle se releva d'un bond, paniquée.

— Je reviens !

Elle attrapa son sac, prise d'un besoin irrépressible de contempler son reflet pour s'assurer qu'elle était bien vivante.

Une fois dans les toilettes, elle se pencha pour voir si les cabines étaient occupées. À sa grande surprise, elle aperçut dans celle du fond une paire de santiags et le bas d'un pantalon en cuir.

Elle crut d'abord qu'il s'agissait d'un invité éméché qui s'était trompé de porte. Elle entendit alors glousser une fille. Elle hocha la tête en souriant, son angoisse momentanément dissipée. « Quelle meilleure façon de faire un pied de nez à la mort que de flirter pendant une totentanz ? » songea-t-elle.

Tandis qu'elle se regardait dans son poudrier, les chuchotements du couple mystérieux lui donnèrent des idées. Jules ne se sentirait-il pas d'humeur aussi folâtre que le propriétaire du pantalon en cuir ?

À ce moment, la porte de la cabine s'ouvrit à la volée.

Lilith mourait d'envie de connaître l'identité des amoureux. Une fille mince aux longs cheveux noirs perchée sur des talons aiguilles sortit en rajustant sa robe décolletée. C'était Samara Bleak, une élève de sa classe. Cette dernière se figea de surprise en la voyant. Une seconde plus tard, ce fut au tour de Lilith de se pétrifier.

— Qu'est-ce que tu fais là ?

— Oh, salut, Lilith ! répondit-il sans se démonter. Tu connais Samara, je crois ?

— J'ferais mieux d'y aller, balbutia celle-ci avant de disparaître vite fait.

— Mais tu débloques ! s'écria Lilith. Ça fait pas deux jours que Tanith est morte et tu sors déjà avec une autre !

Il haussa les épaules.

— J'aimais beaucoup Tanith, mais il n'y a jamais rien eu de sérieux entre nous. Et elle n'aurait jamais voulu que je me laisse abattre par le chagrin.

— Pour qu'il t'abatte, encore faudrait-il que tu en éprouves !

— D'accord, on aimait bien s'amuser ensemble, Tanith et moi. Malheureusement, c'est fini, elle ne reviendra pas. Et il y a des tas de filles qui ne demandent qu'à la remplacer. Faut te mettre dans l'esprit de la totentanz, Lilith !

— Tu me dégoûtes ! cracha-t-elle avant de se ruer hors des toilettes en claquant la porte derrière elle.

Elle traversa le salon comme un ouragan et commanda un cocktail au barman. Elle y trempa les lèvres et le reposa avec une grimace de dégoût. Elle se retourna pour aller rejoindre les autres et faillit percuter Jules.

Le sourire du garçon s'évanouit devant son expression.

— Qu'est-ce qui ne va pas ?

— Tu veux dire en dehors du fait que Tanith est morte et qu'elle ne reviendra jamais ? répliqua-t-elle d'une voix si forte que tout le monde se retourna. Oh, je suis désolée ! s'excusa-t-elle devant ces visages vaguement familiers qui la contemplaient avec stupeur. Je ne voudrais pas gâcher la fête !

— Ils réagissent comme Tanith l'aurait fait, les défendit Jules. Elle était la première à aimer s'éclater, tu le sais bien. Personne ne peut la ramener à la vie. Tout ce qu'on peut faire en sa mémoire, c'est ne pas se laisser démoraliser.

Lilith poussa un profond soupir.

— Tu as raison. Je dois être encore sous le choc.

— Salut, Jules ! Alors, ça roule ?

— Oh, salut, Sergueï ! s'écria Jules, distrait par l'arrivée de son copain.

— Laisse tomber ! marmonna Lilith en fusillant l'infidèle d'un regard glacial. Je rentre.

— Qu'est-ce qui lui prend ? s'étonna Sergueï. J'ai dit quelque chose qu'il fallait pas ?

Le dimanche étant soir de lessive chez les Mount, Cally décida de changer les draps de sa mère. C'est ainsi qu'elle découvrit une relance de la compagnie d'électricité sous le matelas, là où Sheila cachait tout ce qu'elle refusait d'affronter.

La lessive devrait attendre.

Son dernier passage à Washington Square n'avait pas rapporté à Cally autant qu'elle l'espérait. Il fallait donc qu'elle reparte en chasse si elle ne voulait pas qu'on leur coupe le courant. Mais le square devenait trop dangereux depuis que les Van Helsing y rôdaient et elle préférait changer de terrain d'opération. Il ne restait qu'un endroit dans les environs où elle pourrait trouver des proies : l'Underbelly.

Elle retourna dans sa chambre et fouilla son placard à la recherche d'une tenue sexy. Elle opta finalement pour une minijupe jaune en satin et un corset vert qui mettaient en valeur ses épaules d'albâtre et ses longues jambes fuselées, et enfila la nouvelle paire de talons aiguilles Miu-Miu qu'elle avait dégotée la semaine précédente dans une friperie de Bedford Avenue.

Une fois habillée, elle se mit de l'eye-liner et du rouge à lèvres comme sa grand-mère le lui avait enseigné – au toucher. Puis elle vérifia son allure d'un bref regard dans le poudrier qu'elle gardait toujours au fond de son sac.

Quand elle traversa le salon, sa mère était de nouveau plongée dans un film et elle reconnut *Les Maîtresses de Dracula*.

— Je dois sortir, maman. À tout à l'heure ! cria-t-elle.

— Fais bien attention à toi, ma chérie, répondit Sheila en agitant la main sans quitter l'écran des yeux.

Situé au sous-sol d'une usine de mayonnaise désaffectée, l'Underbelly était le genre de club où l'on réclamait rarement leurs papiers d'identité aux clients. On y buvait sec, les mœurs étaient libérées, bref, c'était l'endroit idéal pour trouver des pigeons.

Le portier regarda à peine Cally quand elle entra. Elle commanda une boisson au bar et fit semblant de la siroter tout en passant la salle en revue. Même le dimanche, il y avait une foule cosmopolite de snobinards, de jeunes mannequins et de bobos branchouilles de Williamsburg qui se la jouaient avec leurs pantalons peinturlurés et leurs bras couverts de tatouages.

— Cally ! Où étais-tu passée ?

Elle se retourna et sourit à Simon Magi, un vieux copain de Varney Hall. Il lui pressa le bras amicalement et l'entraîna vers leur amie Cindy Darko, qui les appelait depuis un box plongé dans la pénombre.

— On ne t'a pas vue du week-end, s'étonna cette dernière. T'as même pas répondu à nos messages !

— Bof, j'ai rien fait de spécial, éluda Cally en se glissant sur la banquette en face. J'ai frisé la cata à Washington Square, l'autre soir. C'était truffé de Van Helsing !

Simon blêmit.

— Ils ne t'ont rien fait ?

— Non. Mais je les ai vus empaler une fille.

Cindy plaqua la main sur sa bouche, consternée.

— Que les Fondateurs aient pitié de nous ! On la connaissait ?

— Non. C'était une sang-rassis.

Simon et Cindy échangèrent un regard de soulagement.

— Alors, tu es prête pour le super contrôle d'illusion que M. Dirge nous a promis cette semaine ? reprit Simon.

— Justement, à ce sujet, y a eu de sacrés changements dans ma vie pendant le week-end, se lança-t-elle courageusement.

Étant donné la rivalité qui opposait son cher vieux lycée à l'Académie Bathory, la suite n'allait pas être facile à annoncer.

— Quel genre de changements ?

— Mon abruti de père a décidé de prendre mon avenir en main et de m'envoyer parfaire mon éducation à l'Académie Bathory.

— Tu blagues ? explosa Simon.

— Non, malheureusement. Je commence demain soir. Je vais devoir porter un uniforme et tout le bazar. Il m'a fait livrer mes nouvelles fringues cet après-midi à l'appart. J'espère que vous ne me verrez jamais dans ce déguisement.

— Mais Bathory est réservée aux Sang-de-Race ! remarqua Cindy.

— Ouais, et, vu le mal que j'ai eu à me faire accepter à Varney Hall, j'ose pas imaginer l'accueil qui m'attend là-bas.

— Bon courage ! ricana Simon. Au fait, en parlant d'école, on ferait mieux d'y aller, Cindy, enchaîna-t-il, prenant déjà ses distances.

— Hein ? Comment ça ? protesta celle-ci, surprise. Il est encore tôt !

— Tu oublies que demain on a un contrôle sur la gestion des zombies, insista-t-il avec un regard appuyé.

— Ah, oui, c'est vrai ! Je l'avais complètement zappé !

— C'est bon, j'ai compris, murmura Cally en les voyant détaler.

Certes, elle s'attendait à un peu plus de soutien de leur part et leur réaction la décevait autant qu'elle la peinait. Cependant, elle les comprenait : elle aussi avait l'impression de trahir les Sang-Neuf qui avaient toujours été ses amis.

— Je peux m'asseoir ?

Elle sursauta en reconnaissant le garçon qui lui souriait.

— Qu'est-ce que tu fais là ? demanda-t-elle tandis que Peter se glissait dans le box.

— Je t'attendais.

— Tu me traques ou quoi ? s'exclama-elle, sans savoir si elle devait en être flattée ou s'en inquiéter. Comment t'as su que je viendrais ici ?

— J'ai mes sources.

Cally le dévisagea, incrédule.

— Ne me dis pas que tu es venu dans cette boîte pour me voir. Qu'est-ce que tu veux, d'ailleurs ?

— Ben, te remercier de m'avoir sauvé la vie !

— Tu l'as déjà fait l'autre nuit.

— Tu préfères que je m'en aille ?

Cally croisa son regard et éprouva une attirance encore plus forte que la première fois.

— Non, avoua-t-elle, trouvant ironique qu'il soit arrivé au moment où les deux autres la laissaient tomber. Et, pour être tout à fait franche, je suis même ravie de te revoir, ajouta-t-elle avec un sourire en coin.

Il prit ses mains dans les siennes.

— J'espérais te l'entendre dire. Cally, j'ai un aveu à te faire. Depuis que je t'ai rencontrée, je n'arrête pas de penser à toi. Je ne comprends pas ce qui m'arrive. Et toi, tu ressens la même chose ?

— Tu ne sais pas qui je suis, chuchota-t-elle, tout en souhaitant que cet instant dure toujours.

Peter, son sourire envolé, détourna la tête, incapable de soutenir son regard.

— J'en sais plus que tu ne l'imagines… Et si je ne t'ai pas dit mon nom de famille, Cally, c'est parce que j'avais peur.

— Peur ? répéta-t-elle, le cœur battant comme un tambour. Mais de quoi ?

— Que tu me tues quand tu sauras qui je suis.

Soudain, Cally n'eut plus aucune envie d'entendre la suite. Elle jeta autour d'elle un regard affolé et s'efforça de rassembler ses esprits.

— Pourquoi voudrais-je te tuer ? Tu dis n'importe quoi !

— Cally, je m'appelle Peter Van Helsing.

Sous le choc, elle retira ses mains des siennes et se leva lentement.

— Il faut que je m'en aille, balbutia-t-elle, abasourdie.

Il la retint par le poignet.

— Cally, ce n'est pas ce que tu crois ! Tu ne cours aucun danger ! Je ne te ferai aucun mal !

Elle se dégagea d'un geste sec.

— Laisse-moi tranquille ! Et ne t'approche plus jamais de moi ! Je ne veux pas te faire mal, moi non plus, mais je n'hésiterai pas s'il le faut !

Cally dévala Metropolitan Avenue en écrasant avec rage les larmes qui roulaient sur ses joues. Elle avait senti inconsciemment depuis le début que c'était un Van Helsing. Mais ce qui l'exaspérait le plus, c'était d'avoir sombré dans le cliché ringard de la jeune vampire tombant éperdument amoureuse de son exterminateur. Y avait pas plus nul ! Elle ne valait pas mieux que sa mère… à la différence que celle-ci avait toujours su dans quoi elle se lançait, elle l'avait même cherché.

Quoi qu'il en soit, il n'y avait rien de plus malsain ni de plus répugnant que d'aimer quelqu'un qui vouait son existence à l'élimination systématique de votre espèce… sauf peut-être de vouloir le revoir à tout prix !

Sa mère l'attendait de pied ferme.

— Ah, te voilà, ma chérie ! Demain, une grande nuit

t'attend, alors je tiens à ce que tu fasses une bonne journée de sommeil ! Pas question de traîner devant la télé, jeune fille ! ajouta-t-elle en la serrant dans ses bras. C'est pour ton bien.

— Si tu le dis, soupira Cally. Je vais prendre ma douche et je me couche.

Elle se dirigea vers sa chambre, claqua la porte derrière elle et envoya valser ses chaussures. Comme si les événements de la soirée ne l'avaient pas assez perturbée, son regard tomba alors sur l'uniforme de l'Académie Bathory qui s'étalait au pied de son lit telle la mue d'un serpent.

Chapitre 9

De l'extérieur, aucun signe ne laissait deviner que l'Académie Bathory accueillait uniquement de jeunes vampires. Et, excepté ses fenêtres aux volets éternellement clos, rien n'indiquait l'étrange nature de son enseignement. La magnifique demeure de trois étages située sur la 91e Rue Est avait été construite par un baron de la finance, à l'époque où Upper East Side faisait encore figure de banlieue. En fait, le seul bâtiment du voisinage aussi ancien était l'école de garçons Ruthven, deux rues plus loin, sur la 99e Rue Est.

Chaque semaine, de la nuit du lundi à celle du jeudi, de fin septembre à début mai, un défilé de limousines déversaient devant l'école un flot ininterrompu de jeunes filles vêtues de blazers marron et de jupes plissées grises. Personne ne savait ce qu'elles faisaient une fois à l'intérieur de l'établissement. En principe, elles en ressortaient à deux heures du matin, quatre heures au plus tard. De temps en temps, on voyait des groupes, accompagnés par des professeurs, s'entasser dans d'immenses berlines et partir pour de mystérieuses excursions nocturnes.

Mis à part ces rares occasions, les filles et leurs enseignants n'étaient guère plus que des fantômes pour les générations de New-Yorkais qui vivaient dans le coin. Et, comme ceux qui se mêlaient de ce qui ne les regardait pas avaient disparu, par prudence, les habitants avaient fini par considérer l'Académie Bathory comme un cours du soir réservé aux enfants de riches qui n'avaient pas le courage de se lever le matin.

S'habiller faisait partie des grands plaisirs de Cally. Elle avait toujours eu le don de dénicher des fringues qui avaient du style. Depuis qu'elle était en âge d'exprimer ses goûts, on l'avait laissée porter ce qu'elle voulait, du moins dans les limites de son budget. Elle adorait acheter des tissus originaux ainsi que des rubans et de la dentelle pour personnaliser les vêtements qu'elle dénichait dans les friperies et sur les marchés aux puces.

Elle se contempla dans le miroir et jeta un regard dégoûté à son blazer marron et à sa jupe grise, si ternes, si banals par rapport à ses tenues habituelles. Une fois encore, elle regretta de ne pas être humaine pour se faire tatouer ! Hélas, les vampires cicatrisaient si vite que leur peau refoulait l'encre à la seconde où on l'appliquait. Heureusement, il lui restait des moyens plus discrets de proclamer son individualité dès sa première nuit dans sa nouvelle école.

Elle ouvrit son coffret à bijoux et en sortit une paire de bracelets en bakélite qu'elle avait hérités de sa grand-mère. L'un, vert olive, pouvait presque passer pour du jade, l'autre était jaune tournesol.

— C'est mieux ! murmura-t-elle avec un sourire en les glissant à son poignet gauche.

Elle gravit les marches de l'école en se demandant ce qui l'attendait derrière les portes rouge sang de Bathory. La première chose qu'elle vit en entrant fut le portrait en pied d'une femme extrêmement séduisante, au teint d'albâtre et aux cheveux roux. Le mauve de sa robe drapée soulignait le vert lumineux de ses yeux. Elle tenait un parchemin déroulé dans une main, une griffe de scribe* dans l'autre. Mais ce qui frappa le plus Cally, ce fut son expression. Contrairement à toutes les autres peintures de la période romantique qu'elle avait contemplées, on ne lisait ni coquetterie ni fausse modestie dans son regard. Il émanait d'elle un curieux mélange de sagesse, de curiosité et de détermination. Cally eut l'impression qu'elle attendait patiemment la réponse à une question qu'elle venait de lui poser.

Elle s'avança pour lire la plaquette fixée au bas du cadre et fut surprise de voir qu'elle était rédigée en anglais et non en chthonique*, l'ancienne écriture des Sang-de-Race : MORELLA KARNSTEIN, NOTRE FONDATRICE.

Même si la femme représentée sur ce tableau était morte depuis longtemps, Cally s'imagina qu'elle lui souhaitait la bienvenue dans son école. Peut-être se plairait-elle ici, finalement. Mais, avant toute chose, elle devait trouver le secrétariat pour s'informer sur ses cours.

Elle regarda autour d'elle, soudain consciente du silence qui régnait. On aurait dit que le bâtiment était vide. Alors qu'il devait y avoir au moins soixante-dix élèves, elle n'entendait aucun bourdonnement de voix derrière les portes closes, ni le moindre claquement de casier dans les couloirs. Seul lui parvenait du bureau sur sa droite un rapide tapotement d'ongles sur un clavier.

Elle s'approcha. Une femme d'un certain âge, vêtue d'un tailleur gris, ses cheveux relevés en chignon et maintenus par des crayons bien taillés, entrait des données dans un ordinateur. En voyant Cally, elle s'arrêta net, les doigts en l'air.

— Qu'est-ce que vous faites à cet étage ? s'enquit-elle d'un ton sec.

— Je… je suis désolée, bafouilla Cally, déroutée par cet accueil revêche. Je suis nouvelle et on m'a dit de me présenter au secrétariat dès mon arrivée…

— Vous êtes la Sang-Neuf ! s'écria la secrétaire, les narines pincées, comme si elle sentait une mauvaise odeur. Et vous êtes en retard.

— Je suis venue en métro et ça m'a pris plus longtemps que je ne le croyais...

— Aucun retard n'est toléré à l'Académie Bathory. Pas plus que les vêtements non réglementaires, les bijoux et les accessoires, poursuivit la secrétaire en lançant un regard incendiaire à la coiffure et aux bracelets de Cally. Si vous pouviez vous habiller n'importe comment à Varney Hall, sachez que c'est très mal vu ici, mademoiselle Mount !

— Oui, madame, répliqua Cally, impassible.

La secrétaire se leva et saisit dans un meuble à tiroirs un dossier. Elle en tira un document qu'elle photocopia. À l'évidence, devoir s'occuper d'une vulgaire Sang-Neuf la révoltait.

— Voici votre emploi du temps, dit-elle en lui flanquant la photocopie sous le nez. Vous devez vous présenter immédiatement à l'assemblée de la grotte. C'est compris ?

— Je pense.

— Dans ce cas, qu'attendez-vous pour aller rejoindre les élèves ?

Cally sortit et la secrétaire claqua la porte derrière elle.

— Vieille peau ! marmonna-t-elle en étudiant son emploi du temps.

Il était imprimé en écriture chthonique, la langue des Fondateurs. Cela ressemblait à un mélange de chinois, de sumérien et de pattes de mouche. Cally l'avait appris à Varney Hall, mais elle avait du mal à lire cette forme plus traditionnelle de l'écriture, utilisée par les Sang-de-

Race. Il lui faudrait du temps pour déchiffrer ce tableau. Comble de malheur, elle n'avait pas la moindre idée de l'endroit où se trouvait la grotte.

Elle regarda autour d'elle, espérant trouver une élève ou un professeur. Le premier étage de l'école était désert, mis à part un mort-vivant vêtu de gris qui balayait le couloir.

Comme sa famille ne possédait pas de domestiques, Cally n'avait pas grandi entourée de morts-vivants, contrairement à la plupart de ses nouvelles camarades Sang-de-Race. Elle ignorait la manière de se comporter avec eux. Elle trouvait bizarre de se faire servir par une personne qui avait été saignée à mort par un de vos ancêtres.

Elle s'approcha de lui et toussa poliment.

— Excusez-moi…

L'homme continua à balayer.

— Bonjour ? reprit-elle un ton plus haut, en lui tapant sur l'épaule.

Il sursauta légèrement et se retourna vers elle.

— Vous me parlez, maîtresse ? balbutia-t-il, stupéfait.

— Je suis désolée de vous interrompre dans votre travail, mais peut-être pourriez-vous… euh… m'aider à trouver mon chemin.

— Je ne suis que le concierge, mademoiselle.

— Oui, je sais. Je cherche la grotte. Où est-elle ?

— Au troisième niveau, mademoiselle.

Elle fronça les sourcils et leva la tête.

— La grotte est en haut ?

— Non, en bas, mademoiselle.

— Et comment y va-t-on ?

Le gardien se contenta de désigner une porte de l'autre côté du hall sur laquelle était écrit : « ENTRETIEN ».

— Mais c'est le placard à balais ! s'écria Cally, plus perplexe que jamais.

Le temps qu'elle se retourne pour lui poser une autre question, il avait disparu. Elle se frotta la tête, désorientée, et se résigna à jeter un coup d'œil dans le placard. Derrière la porte, au lieu des seaux et des serpillières, l'attendait une cabine d'ascenseur en fer forgé, actionnée par un liftier mort-vivant vêtu d'une veste marron aux armes de l'Académie Bathory.

— Je dois aller à la grotte, annonça-t-elle d'une voix hésitante.

Son regard, aussi distant que celui du concierge, lui fit froid dans le dos.

— Très bien, mademoiselle.

Il tira la porte de l'ascenseur derrière elle et referma la grille.

Cally s'accrocha à l'une des rambardes tandis que la cabine s'ébranlait brusquement.

— Je suis nouvelle. Pouvez-vous me dire en quoi consiste cette grotte exactement ?

— Je l'ignore, mademoiselle, répliqua-t-il, regardant droit devant lui. Je ne l'ai jamais vue.

— Pourtant, vous travaillez ici ! Comment est-ce possible ?

— Je suis garçon d'ascenseur, mademoiselle, répondit-il comme si cela expliquait tout. Mon devoir consiste à conduire les élèves et les professeurs d'un étage à l'autre. Je fais cela depuis... depuis cent vingt-sept ans.

— Ah... je vois ! murmura-t-elle, effrayée et bien décidée à poursuivre la lente descente vers la mystérieuse grotte sans poser d'autres questions.

Quand elle sortit de l'ascenseur, un étrange mélange de bourdonnements et de cris perçants l'accueillit. Il lui sembla qu'on avait ouvert une ruche dans une cave remplie de chauves-souris. Guidée par ce bruit, elle suivit un long corridor, terminé par une porte à double battant grande ouverte.

Bientôt, le bourdonnement se décomposa en une multitude de conversations très animées. C'étaient les élèves qui émettaient des ultrasons en parlant la Langue Pure*, l'ancien dialecte des Fondateurs.

Cally s'avança sur le seuil. La caverne était aussi impressionnante qu'une cathédrale. Le plafond s'élevait à plus de soixante mètres au-dessus de sa tête, soutenu par six piliers gigantesques.

Mais, plus encore plus que la taille colossale de cette grotte, ce fut le nombre des vampires qui la stupéfia. La plupart, sous leur aspect humain, dans l'uniforme de

Bathory ou de Ruthven, étaient perchés telles des gargouilles, sur des stalagmites. Les autres avaient pris leur forme ailée et se tenaient la tête en bas, suspendus au plafond, aux parois ou à des stalactites.

Elle se faufila entre les concrétions rocheuses à la recherche d'un endroit où se jucher. Ceux qui étaient déjà installés tournèrent vers elle des yeux qui luisaient dans la pénombre. Elle se sentit soudain terriblement nouvelle et isolée au milieu de ces jeunes, connus pour leur esprit de clan.

À l'instant où elle s'apprêtait à grimper sur une stalagmite libre, une rousse aux yeux émeraude sauta de la roche voisine pour lui souffler la place et lui cracher dessus, semblable à un chat attaquant un intrus :

— Ce siège est pris !

Cally l'aurait bien envoyée promener, mais se mettre une fille à dos dès la première assemblée n'était pas la meilleure façon de commencer. Elle marmonna une excuse et battit en retraite. Une minute après, elle repéra un perchoir libre et s'y hissa rapidement.

— Silence, s'il vous plaît !

Dès que l'ordre retentit dans la caverne, les élèves se turent et levèrent la tête dans la direction de la voix. Cally les imita. Une femme, la chevelure de jais striée d'une spectaculaire mèche blanche et des lunettes en œil-de-chat incrustées de pierreries, se tenait debout à l'entrée d'une petite grotte en saillie.

— Tout d'abord, je me présente à nos frères de l'Institution Ruthven. Je suis Mme Nerezza, la directrice de l'Académie Bathory. Nos écoles sont réunies ici ce soir pour commémorer la disparition d'une des nôtres, abattue samedi dernier par les Van Helsing aux premières heures du matin. Il s'agit de Tanith Graves, fille de Dorian et Georgina Graves, et en troisième année à Bathory.

Les élèves s'agitèrent. Quelques-uns poussèrent une exclamation de surprise, mais la plupart restèrent aussi silencieux que les rochers sur lesquels ils étaient juchés.

Mme Nerezza contemplait les jeunes visages levés vers elle.

— Regardez la personne qui se trouve à votre gauche, ordonna-t-elle avec un grand geste.

Cally obéit et contempla la nuque d'une brune aux cheveux ramenés sur les oreilles en deux macarons attachés par des rubans rouges.

— Maintenant, regardez celle qui est à votre droite, poursuivit la directrice.

Toutes les têtes se tournèrent docilement, sauf celle de la voisine de Cally. Au lieu de découvrir sa nuque, Cally se retrouva nez à nez avec la blonde qui l'avait défiée dans le parc. Et, à voir ses yeux remplis de haine qui la transpercèrent comme deux lames de poignard, celle-ci l'avait reconnue, elle aussi.

— La dure vérité, c'est que d'ici une centaine d'années une vampire sur trois sera morte, conclut Mme Nerezza.

Tel est notre destin ! Et il est du devoir de nos écoles de vous y préparer.

Cally ravala sa salive et détourna vite les yeux du regard qui la fusillait. Quelque chose lui disait qu'elle n'aurait pas à attendre un siècle pour vérifier la prédiction de la directrice.

Chapitre 10

La réunion terminée, Lilith sauta de son perchoir et se mit à chercher Jules dans la foule des étudiants qui se dirigeaient vers la sortie. Elle devait absolument l'intercepter avant qu'il ne regagne Ruthven pour le prévenir qu'elle venait de voir la Sang-Neuf du parc.

Alors qu'elle contournait une rangée de stalagmites, elle entendit sa voix.

— Les Fondateurs soient loués, je t'ai trouvé! s'écria-t-elle en courant vers lui.

— Oh, salut, Lili! Je parlais avec mon cousin, expliqua-t-il avec un geste vers le plafond.

Lilith aperçut Xander Orlock, accroché à une colonne comme un lézard au mur d'un jardin.

— Oh, salut, Exo, lança-t-elle en retenant une grimace.

Contrairement à la majorité des élèves qui suivaient les cours de Ruthven ou de Bathory, Xander n'avait recours à aucun bronzage artificiel. Sa peau était si pâle qu'elle en semblait translucide, ce qui lui donnait un reflet bleuté. Il avait des yeux globuleux, des doigts anormalement longs et les oreilles pointues. Lilith avait du mal à imaginer qu'il était de la même famille que Jules.

— Salut, Lilith, dit-il d'une voix qui zézayait un peu.

Handicapé par la forte consanguinité héritée de son père, il n'arrivait pas à rétracter totalement ses crocs, ce qui se ressentait parfois dans sa façon de parler.

— Tu te souviens de cette garce de Sang-Neuf qui a failli nous tuer l'autre soir ? demanda Lilith à Jules.

— Et comment !

— Elle est là, dans la grotte !

— Il y a une Sang-Neuf à Bathory ? s'étonna Xander. Comment est-ce possible ?

— Je ne sais pas. Peut-être que ça n'en est pas une, finalement. Ou alors la mère Nerezza a sacrément besoin d'argent.

— Tu es sûre que c'est elle ? insista Jules.

— Évidemment ! Son visage restera gravé dans ma mémoire tant que je vivrai. Elle était assise juste à côté de moi pendant l'assemblée. Je l'aurais tuée tout de suite si Nerezza n'avait pas été là !

— Écoute, Lilith, faut te calmer. Tu sais bien que l'école est une zone de non-représailles*. Si tu tentes quoi que ce soit contre elle dans un rayon d'un kilomètre, tu te feras expulser, on te traînera devant le Synode et on te jugera comme une criminelle.

— Je n'ai encore jamais croisé de Sang-Neuf! s'écria Xander avec un sourire en coin. J'irais bien la voir.

— La ferme, Exo! gronda Lilith, incapable de se contenir plus longtemps. On t'a pas sonné!

— Oh, ça va!

Il exécuta un demi-tour sur la colonne et disparut dans l'ombre.

— Berk! Je ne comprends pas comment tu peux supporter ce dégénéré, marmonna Lilith en frissonnant.

— Je reconnais qu'il est un peu spécial, mais il est sympa. Et avoue qu'il n'a guère de chances de rencontrer des filles mignonnes par lui-même, s'esclaffa Jules. Il ne me quitte pas d'une semelle depuis qu'on est tout petits. T'étais pas forcée de l'envoyer bouler.

— Je me fous complètement qu'il ait des difficultés à se trouver des copines! Je veux savoir ce que mijote cette sang-de-navet. D'abord elle apparaît dans le parc juste avant que les Van Helsing nous attaquent, et maintenant elle se pointe ici! Elle ne me plaît pas. Y a un truc louche chez cette fille. Je l'ai senti dès que j'ai posé les yeux sur elle. Et si elle était de mèche avec les Van Helsing?

— Lilith, ils ont tenté de la tuer, elle aussi. Et, si elle n'avait pas abattu le chasseur, je te rappelle que tu ne vaudrais pas mieux que Tanith à l'heure qu'il est.

— Qu'est-ce qui te prend de la défendre ? explosa-t-elle, ses yeux crachant des éclairs. On croirait que tu regrettes que je sois encore en vie !

— T'es vraiment injuste, Lilith ! Je ne voudrais pas qu'il t'arrive malheur...

— Parce que tu trouves que je ne fais pas le poids contre elle ? le coupa-t-elle.

— Doucement, les amoureux, on se calme ! les interrompit Mme Knorrig, le professeur de sport. Todd, allez au vestiaire vous changer pour le cours de métamorphose. Quant à vous, monsieur le joli cœur, je vous conseille de regagner Ruthven illico presto.

— Oui, madame, répondit Jules, ravi de pouvoir s'éclipser.

Tandis qu'il courait en direction du tunnel qui reliait la grotte à l'école de garçons Ruthven, il essaya d'oublier l'expression étrange qu'avait eue Lilith en parlant de la Sang-Neuf. Il ne supportait pas sa jalousie. Il aurait tellement voulu qu'elle retrouve son insouciance d'autrefois. C'était en fait le désir de tout le monde : que tout redevienne comme avant l'épisode dramatique du parc.

Debout dans la vaste clairière située au centre de la caverne, Cally contemplait les colonnes vertigineuses qui supportaient le toit de la cathédrale de roche.

— Je n'aurais jamais imaginé qu'il existait de telles cavernes sous Manhattan, murmura-t-elle.

— Et tu as raison, déclarèrent deux voix à l'unisson derrière elle.

Elle se retourna et crut voir double. Devant elle se tenait la fille aux macarons, mais en deux exemplaires, l'un avec des rubans rouges, l'autre avec des rubans bleus. Elle cligna des yeux pour s'assurer qu'elle n'avait pas une hallucination.

— Elles veulent dire que rien de tout cela n'existait, expliqua une fille avec des perles turquoise dans les cheveux. Ce n'est pas une caverne naturelle, la roche a été creusée par l'homme. Tout ce que tu vois a été créé artificiellement au milieu du XIXe siècle.

Sidérée, Cally regarda de nouveau autour d'elle et remarqua une certaine similitude dans la taille, la forme et la position des stalagmites. Il en allait de même des colonnes, qui étaient placées à égale distance les unes des autres.

— En fait, reprit la fille, la grotte a été taillée dans la roche par des morts-vivants. Cela leur a pris une trentaine d'années. Et tout ça pour qu'on puisse apprendre à voler.

— C'est sacrément impressionnant, comme gymnase ! gloussa Cally. Merci du renseignement. Au fait, je m'appelle Cally Mount.

— Moi, c'est Melinda Sarcasse. Et le duo, c'est Bella et Bette Maledetto.

— Moi, c'est Bella, dit la jumelle aux rubans bleus.

— Et moi, Bette, ajouta celle aux rubans rouges.

— Ravie de faire votre connaissance à toutes les trois.

— J'adore tes bracelets, déclara Melinda. Où tu les as trouvés ?

Cally leva les bras, ce qui les fit cliqueter.

— C'est ma grand-mère qui me les a offerts avant de… euh… de partir en Europe.

— On ne se serait pas déjà vues quelque part ? poursuivit Melinda en penchant la tête de côté, intriguée par sa coupe de cheveux. Tu fréquentes le Clocher ?

Cally secoua la tête.

— J'ai peur que non. C'est un club ?

— Oui, sur la 20ᵉ Rue Ouest.

— Moi, je sors plutôt dans le bas de Manhattan : SoHo, Tribeca…

— C'est peut-être là que je t'ai croisée. J'y vais souvent.

— Melly !

Sans laisser à Melinda le temps de se retourner, Lilith l'attrapa par le bras et l'entraîna loin de Cally.

— Mais qu'est-ce que tu fous ?

— Je parlais avec la nouvelle, répondit Melinda, abasourdie. Qu'est-ce qui te prend ?

— Tu ne sais donc pas qui c'est ?

— Elle a dit qu'elle s'appelait Cally Machin-Chose.

— C'est la Sang-Neuf qui a provoqué la mort de Tanith dans le parc !

— Ah ! Je me disais bien que son visage ne m'était

pas inconnu ! Mais qu'est-ce qu'une Sang-Neuf vient faire ici ?

— Aucune idée. En tout cas, je n'ai aucune envie de te voir avec elle. Je supporte déjà mal que tu parles avec ces Demi-Sang* de Maledetto, tu sais pertinemment que leur père est le pire ennemi du mien. Je t'interdis de fréquenter une Sang-Neuf, surtout celle-ci ! Si jamais tu laissais une fille pareille se mettre en travers de notre amitié, je ne te le pardonnerais jamais ! Compris ?

— Cinq sur cinq !

Melinda grimaça : Lilith lui broyait le bras.

— Qui c'est, cette malade ? demanda Cally, le doigt tendu vers la fille aux cheveux longs qui enguirlandait Melinda.

— Lilith Todd, répondit Bella.

Cally écarquilla les yeux.

— Todd ? Comme Victor Todd ?

— C'est sa fille, rétorqua Bette.

Mme Knorrig tapa dans ses mains.

— Bien, mesdemoiselles, assez bavardé ! Je veux que celles d'entre vous qui sont censées suivre mon cours soient prêtes d'ici cinq minutes. Ce qui veut dire vous, Sarcasse, et vous aussi, Maledetto ! Non, pas vous, l'autre Maledetto ! Ne me faites pas répéter une troisième fois, Todd ! Je suis sérieuse ! Les autres, regagnez vos classes tout de suite. Ce n'est pas parce que nous avons eu une assemblée ce soir que vous êtes dispensées de la première heure de cours !

Cally releva les yeux de son emploi du temps et considéra la femme habillée d'un survêtement gris, un sifflet accroché autour du cou, une casquette des Yankees enfoncée sur la tête.

— Excusez-moi... Vous êtes Mme Knorrig ?

— Sûr que je ne suis pas Blanche-Neige ! Oui, je suis Mme Knorrig. Et vous, vous devez être la nouvelle.

— Oui, madame. Je suis Cally Mount.

— Eh bien, suivez-moi, Cally Mount, dit-elle en se dirigeant vers le tunnel qui conduisait à son bureau. Il faut que je vous donne votre tenue de métamorphose.

Cally sentit son estomac se soulever.

— C'est... c'est un cours de métamorphose ?

— Évidemment, répondit le professeur, qui lui décocha un regard étrange avant d'ouvrir un placard d'où elle tira une combinaison-short d'une seule pièce en éponge rouge fermée par une fermeture Éclair. Qu'est-ce que vous voulez qu'on enseigne ici ? Le menuet ? Le yoga ? Tenez, Mount. Enfilez-moi ça et faites-en bon usage.

— Vous parlez sérieusement ? s'exclama Cally en tenant la combinaison à bout de bras devant elle.

— Je reconnais que ce n'est pas la tenue la plus sexy de la planète, mais elle a le pouvoir magique de se transformer en même temps que vous, ce qui vous évitera de vous retrouver nue comme un ver. Et je n'en attends rien de plus, en ce qui me concerne. Oh… et n'oubliez pas de retirer vos machins au poignet, ajouta-t-elle avec un signe de tête vers ses bracelets. Ce serait dommage de les casser.

Au moment où Cally quittait le bureau de Mme Knorrig, un groupe d'élèves sortaient du vestiaire en face, Lilith Todd en tête. Celle-ci lui lança un regard meurtrier et la bouscula si fort que Cally en lâcha la combinaison. Quand elle se pencha pour la ramasser, Lilith lui marcha sur la main et lui écrasa les doigts.

— Ouille ! hurla Cally. Tu ne peux pas faire attention ?

— Oups ! s'excusa Lilith avec un sourire hypocrite. Je suis vraiment navrée ! Tu es si bas que je ne t'avais pas vue !

Les autres filles éclatèrent d'un rire méprisant avant de s'éloigner.

Cally alla se changer. Il y avait à peine une heure qu'elle était arrivée dans sa nouvelle école et elle avait déjà trouvé le moyen de se faire une ennemie de la fille d'un des Sang-de-Race les plus célèbres du monde.

Tandis qu'elle courait rejoindre le reste de sa classe, elle se dit que ça ne servait à rien de rester sur cette impression négative. D'accord, Lilith l'avait dans le nez. Elle ne pouvait pas lui en vouloir, après ce qui s'était passé dans le parc. Ce qui ne voulait pas dire qu'il fallait rester sur cette position. Elle avait le choix entre deux attitudes : se laisser traiter comme un chien ou prendre la situation en main. N'empêche que ce n'était pas facile de jouer les filles assurées avec cette combinaison qui lui rentrait dans les fesses.

— Approchez, mesdemoiselles ! lança Mme Knorrig en agitant son bloc-notes et en sortant son chronomètre. Ce soir, nous allons travailler la vitesse. Votre but, c'est de réussir à vous métamorphoser instantanément. Si vous êtes poursuivies par les Van Helsing, par exemple, vous devez pouvoir passer d'une forme à l'autre sans perdre de temps. Cela doit être aussi facile que d'enfiler un manteau. Si vous devez vous immobiliser pour vous transformer, vous signez votre arrêt de mort. Qui veut essayer la première ?

Les élèves se dévisagèrent d'un air embarrassé. Personne ne leva la main.

— Eh bien, dans ce cas, c'est vous qui allez commencer, Sarcasse. Les autres, faites-lui de la place.

Melinda s'avança en tripotant les perles dans ses cheveux.

— Avec cette coiffure, madame ?

— Ce n'est pas faute de vous avoir prévenue. Combien de fois vous ai-je dit et répété de ne pas vous coiffer de cette façon quand nous avons cours de métamorphose ?

Melinda lâcha un soupir résigné. Les autres filles formèrent un demi-cercle autour d'elle.

— Vous êtes prête ? demanda Mme Knorrig, le doigt sur le bouton du chronomètre.

Melinda hocha la tête.

— Partez !

Les yeux révulsés, Melinda se mit à tressauter comme un poisson hors de l'eau. Avec un claquement sourd, ses os se disloquèrent et glissèrent sous sa peau. Ses paumes foncèrent et se transformèrent en coussinets, puis des griffes rétractables apparurent à la place de ses ongles. Melinda renversa la tête en arrière et ouvrit grand la bouche pour laisser saillir d'énormes crocs jaunes. Ses oreilles s'allongèrent et un rugissement de fauve s'échappa de sa gorge.

Avec un bruit qui ressemblait au choc d'une batte de base-ball sur un sac d'oranges pourries, son nez et son front se bombèrent brusquement comme si quelque chose essayait de sortir de son crâne. Elle retroussa les lèvres et son nez s'étira puis s'élargit en un museau hérissé de moustaches. Ses cheveux se tordirent dans tous les sens et éjectèrent les perles qui les emprisonnaient tandis que son dos, ses épaules et son corps tout entier se couvraient de poils. Enfin, incapable de rester plus longtemps debout, elle tomba à quatre pattes et un son guttural, à mi-chemin entre le ronronnement et le grondement, monta de sa poitrine.

— Votre temps est de... vingt-huit secondes cinquante-sept centièmes ! annonça Mme Knorrig en stoppant le chronomètre.

Elle prit le stylo coincé derrière son oreille et griffonna sur son bloc-notes.

La créature tapie au centre du demi-cercle ressemblait davantage à un chat des marais qu'à une panthère. Et, quand Cally l'examina de plus près, elle constata que la queue manquait et qu'elle avait des orteils à la place des griffes.

— Eh bien ? s'exclama Melinda dès qu'elle reprit sa forme humaine.

— Ce n'était pas mal, mais vous devriez faire mieux, répondit Mme Knorrig. Allez ramasser vos perles.

— Ça va me prendre des heures pour me recoiffer, marmonna Melinda en s'agenouillant pour récupérer les morceaux de turquoise.

— Ne venez pas vous plaindre, Sarcasse ! gronda Mme Knorrig. Peut-être que la prochaine fois vous écouterez ce que je vous dis. Bon, Mount, c'est à vous.

— Hein ? Qui ? Moi ? bredouilla Cally en regardant autour d'elle d'un air perdu.

— Oui, vous. Mettez-vous en place.

— Je ne sais pas si je pourrai y arriver, madame…

— Bien sûr que si ! Il suffit de le vouloir !

Cally rougit.

— Ce n'est pas ce que je voulais dire. C'est juste que, dans mon ancienne école, on étudie la métamorphose seulement en quatrième année.

— Vraiment ? Si tard ? Mais quelle école est-ce ? demanda le professeur en feuilletant son bloc-notes. L'Académie Cauchemar à Paris, l'école Glamis en Écosse…

— Varney Hall.

Mme Knorrig faillit en lâcher son carnet.

— Quoi ! Mme la directrice ne m'a pas avertie que vous étiez une Sang-Neuf ! Écoutez, mon enfant, nous en sommes au niveau intermédiaire et toutes vos camarades ont suivi le niveau élémentaire de métamorphose l'an dernier. Je ne peux pas vous laisser participer à ce cours tant que Mme la directrice ne m'aura pas précisé ce qu'il en est.

— Alors je suis dispensée de cours ? s'écria Cally, enchantée.

— Vous croyez au Père Noël ? Vous allez faire des tours de piste. Et tout de suite.

Quand Cally passa pour la vingt-cinquième fois devant une stalagmite qui avait la forme de la statue de la Liberté, une sombre silhouette se détacha de l'obscurité au-dessus de sa tête et plongea sur elle, ses ailes noires déployées, sa bouche hérissée de crocs grande ouverte.

Deux secondes avant de toucher le sol, la créature frémit comme un mirage et Mme Knorrig se matérialisa devant Cally, toujours vêtue de son survêtement.

— Ça suffit pour ce soir, Mount. Allez vite vous doucher.

— C'était fabuleux, madame ! s'exclama Cally, le souffle coupé. Je ne vous ai même pas vue vous transformer.

— C'est le but, mon enfant. Les débuts sont toujours laborieux, mais dès qu'on connaît un peu les ficelles on peut y arriver en un clin d'œil. Je viens de voir Mme Nerezza et j'aimerais avoir une idée de ce que vous êtes capable de faire physiquement. Venez me trouver après les cours pour que j'évalue votre niveau.

— Bien sûr, madame. Merci.

— Oh, à propos, Mount... Pourquoi n'avez-vous pas protesté quand je vous ai traitée de Sang-Neuf ?

— Je vous demande pardon ? murmura Cally, perplexe.

— Mme Nerezza m'a appris que votre scolarité était financée par un legs d'un de vos ancêtres, reprit le professeur d'un air entendu. Cela signifie que vous êtes une Sang-de-Race, Mount, ajouta-t-elle avec un soupir en voyant qu'elle ne réagissait pas.

— Du côté paternel uniquement, précisa Cally.

Mme Knorrig écarquilla les yeux de surprise.

— Oh ! Vous êtes donc une Demi-Sang. Eh bien, les jumelles Maledetto ont un père Sang-Neuf et ça ne les empêche pas de figurer parmi mes meilleures élèves.

Quand Cally regagna le vestiaire, elle aperçut Lilith Todd qui en sortait, seule pour une fois. Elle pressa le pas, décidée à saisir cette chance de lui parler.

— Lilith ?

La blonde se retourna. Dès qu'elle reconnut Cally, ses traits se durcirent et une haine sans mélange étincela dans ses yeux bleus.

— Qu'est-ce que tu me veux, sang-de-navet ?

— Juste te parler. Écoute, je reconnais que c'est mal parti entre nous, l'autre nuit. Je me suis laissée emporter, je ne pensais pas ce que j'ai dit. Et je suis désolée pour ton amie. Alors il n'y a aucune raison de continuer à s'en vouloir à présent que nous fréquentons la même école. On fait la paix ? dit-elle en lui tendant la main.

Lilith la toisa avec mépris.

— Je ne sais pas à quoi tu joues, mais ta comédie ne prend pas avec moi !

— Ma comédie ? Quelle comédie ? s'énerva Cally. Je voulais juste te témoigner un peu de gentillesse.

— La gentillesse, c'est pour les losers, Mount ! rétorqua Lilith, le visage tordu de dégoût. Je ne sais pas comment tu as convaincu Mme Nerezza de t'accepter à Bathory. Tu vas le regretter, je te le garantis. Tu t'en es tirée l'autre nuit parce que tu m'as eue par surprise avec ton numéro de jeteuse de foudre. Mais je ne me laisserai plus avoir. T'as intérêt à quitter cette école vite fait et à m'éviter jusqu'à la fin de ta misérable vie. Si je croise encore ta dégaine de fashionista, je te fais la peau !

— Est-ce une menace, Todd ?

— Non, une prédiction, Mount. Et une dernière chose : laisse mes amis tranquilles ! La prochaine fois que je te surprends ne serait-ce qu'à regarder l'un d'eux, je t'arrache les yeux et j'te les fais bouffer !

Chapitre 11

La nuit de Cally se terminait par le cours de scriberie. Elle contempla la double rangée de pupitres équipés d'encriers. Elle s'attendait à regretter ses amis de Varney, mais pas la modernité de son ancien lycée. Bathory était tellement rétro qu'on avait l'impression d'être transporté à l'époque où le labyrinthe des couloirs du métro était éclairé par des becs de gaz.

Alors qu'elle s'approchait d'un bureau au premier rang, Carmen Duivel la dépassa en trombe pour s'y laisser tomber.

— C'est mon siège, sang-de-navet ! ricana-t-elle. Je m'assois toujours ici.

Avec un soupir, Cally se tourna vers le bureau voisin et se retrouva alors face à Melinda Sarcasse.

— Désolée, murmura celle-ci en évitant son regard, cette place est prise.

Cally avait déjà subi ce comportement puéril en cours de domptage et en cours d'hypnotisme. Elle gagna le fond de la salle en espérant que le professeur n'allait pas passer l'heure à la dévisager comme si elle était une créature répugnante.

Une femme mince s'avança dans la classe et Cally eut le regard attiré par ses mains d'une finesse exceptionnelle. Ses doigts bougeaient avec une grâce surnaturelle, comme des algues flottant dans le courant.

— Jeunes filles, veuillez sortir votre matériel, commença Mme Geraint en s'approchant du tableau.

Cally souleva l'abattant de son bureau et découvrit une écritoire en bois laqué. Le couvercle portait une incrustation de nacre représentant le sceau de Bathory : un B majuscule en gothique encadré d'un aconit et d'une belladone. À l'intérieur du coffret se trouvaient plusieurs feuilles de parchemin, un presse-papiers en pierre et une griffe de scribe en ébène de quinze centimètres.

Du bout de sa règle en bois, Mme Geraint montra un caractère qui tenait de l'idéogramme chinois et d'un gribouillage.

— Aujourd'hui, nous allons nous entraîner à écrire le mot *sang* en chthonique. Dans la Langue Pure, voici comment il se prononce.

Elle s'éclaircit la gorge puis émit une suite rapide de cliquetis et de gazouillis à ultra haute fréquence.

— Notez l'accent sur la dernière syllabe. Selon le contexte, *sang* peut désigner la vie, la nourriture ou la famille, ce qui en fait le mot le plus important de notre vocabulaire. Alors à vos griffes, mesdemoiselles ! Et au travail !

Cally sortit une feuille de vélin de la boîte et posa avec précaution le presse-papiers sur le bas de la page. Heureusement qu'elle avait suivi des cours de scriberie à Varney ! Enfin, même pour une Sang-de-Race, ce n'était pas évident de manier la griffe.

Elle la plaqua avec son pouce contre son index droit qu'elle incurva de façon à épouser la courbe de l'instrument, puis, après en avoir trempé la pointe dans l'encrier de verre encastré dans le pupitre, elle la passa délicatement sur le rebord pour en retirer l'excès d'encre avant de la poser sur le parchemin.

— Non, non, non ! Vous faites des horreurs ! Prenez une nouvelle feuille et recommencez !

Toutes les élèves levèrent la tête pour voir qui se faisait ainsi réprimander. Mme Geraint secouait la tête de désapprobation debout devant le bureau de Carmen Duivel.

— La belle affaire ! rétorqua celle-ci, les joues cramoisies. Quand je veux écrire, je me sers de mon ordinateur. Comme ça, si je me trompe, j'appuie sur la touche « effacer » et ça m'évite de tout recommencer. C'est complètement idiot d'écrire à la main !

Des petits rires nerveux parcoururent la classe.

— Ne me parlez pas des ordinateurs ! s'exclama le professeur d'un ton méprisant. À force de taper sur un clavier, votre génération ne sait plus tenir correctement une griffe de scribe, et encore moins écrire de façon lisible. Bien sûr, autrefois, nous n'avions pas besoin de cet instrument. Nos ancêtres se contentaient de tremper la pointe d'une de leurs griffes dans l'encre pour écrire directement sur les rouleaux de parchemin. Enfin, peu importe, car, même si nous avons adopté la presse d'imprimerie et développé des logiciels qui nous permettent de communiquer via Internet, nos documents les plus importants sont encore rédigés à la main. Alors je vous assure que savoir lire et écrire le chthonique est loin d'être inutile. Dans tous les documents légaux ou religieux, ainsi que sur les registres généalogiques tenus par notre peuple au fil des millénaires, pas un seul mot n'a jamais été rédigé en un langage connu des humains. C'est ainsi que nous nous protégeons de ceux qui voudraient nous éradiquer de la surface de la Terre. Sans compter que les bons scribes sont très appréciés par les législateurs du Synode. Et, lors de la nomination du Lord-Chancelier et des autres hauts fonctionnaires, on tient compte de leurs compétences en scriberie.

— Eh bien, ça ne me concerne pas, répliqua Carmen avec suffisance. Je n'ai aucune intention d'entrer dans l'administration une fois diplômée.

— Peut-être, mademoiselle Duivel, mais, étant donné que c'est madame votre mère qui paie vos études, il est de mon devoir de veiller à ce que vous ne soyez pas totalement ignare quand vous quitterez cet établissement. Alors recommencez.

Carmen étouffa un grognement et prit une nouvelle feuille. Mme Geraint resta penchée sur elle quelques instants avant de reprendre sa ronde silencieuse dans la classe, ses mains élégantes derrière le dos.

Lorsque la cloche annonça la fin du cours, Mme Geraint donna ses dernières instructions.

— Mesdemoiselles, n'oubliez pas de ranger vos écritoires et de déposer votre travail sur mon bureau avant de sortir.

Cally remit ses instruments en place et se glissa dans la file qui s'était formée devant le bureau de Mme Geraint. Tout à coup, Samara Bleak se tourna vers elle d'un air mauvais.

— À la queue comme tout le monde, sang-de-navet !

— Les autres sont arrivées après moi, se défendit-elle.

— T'es sourde ? Elle t'a dit « à la queue » ! grommela Carmen en la bousculant d'un coup d'épaule.

Melinda s'approcha à son tour et jeta un regard incendiaire à Cally

— Y a un problème, Carmen ?

— Non. J'apprenais juste à la sang-de-navet à rester à sa place.

Cally mourait d'envie de lui écraser son poing sur la figure, mais c'était exactement ce qu'elles attendaient d'elle. Elle crispa les mains si fort que ses ongles s'enfoncèrent dans ses paumes.

Si cela n'avait tenu qu'à elle, elle aurait envoyé balader Mme Geraint et ses exercices stupides et elle aurait pris la porte pour ne plus jamais revenir. Mais cela risquait de bouleverser toute l'organisation de sa vie, sans parler de celle de Sheila. Malgré sa faiblesse et ses défauts, Sheila était sa mère. Et elle devait la protéger du mieux qu'elle pouvait, quitte à avaler toutes les couleuvres que ces Sang-de-Race lui serviraient.

Quand elle plaça sa feuille sur la pile, Mme Geraint posa sa main sur la sienne et ses doigts, d'apparence si fragiles, lui semblèrent d'une souplesse et d'une force étonnantes.

— Puis-je y jeter un coup d'œil, s'il vous plaît? demanda le professeur en prenant son devoir.

Elle tint la feuille à bout de bras et l'étudia avec intensité avant de se retourner vers Cally.

— C'est excellent, mon enfant! Votre travail dénote la maîtrise, la puissance et un certain raffinement. J'ai vu au premier coup d'œil que vous étiez douée, mais j'ai jugé plus sage de ne pas attirer l'attention sur vous.

— Merci, madame.

— Vous avez dû vous apercevoir que certains professeurs n'étaient pas ravis de votre arrivée à Bathory, mademoiselle Mount. Je n'en fais pas partie. Je trouve leur snobisme très hypocrite, car nous appartenons tous aux lignées les plus récemment usurpées. Comme le dit le vieux dicton : « Soit on devient professeur, soit on devient Sang-Neuf. »

— C'est très bien d'apprendre l'histoire de notre espèce et la scriberie, déclara Mme Knorrig lorsque Cally se présenta en tenue de gym pour sa séance d'évaluation, mais, si vous êtes incapable de vous métamorphoser et de voler, vous ne serez jamais centenaire. Et, bien que nous possédions tous la faculté de nous transformer, on n'y arrive pas du jour au lendemain. Au fond, ce n'est qu'une question de mémoire musculaire. Et, pour la développer au maximum, il faut constamment répéter le processus jusqu'à ce qu'il devienne automatique. Cela étant, la métamorphose est douloureuse, surtout au début. Mais plus vous vous exercerez, plus cela vous deviendra aisé. Enfin, nous devons trouver quel est votre totem*. Ça peut être le loup, ou un félin comme Sarcasse. Cela dépend de votre lignée. C'est à nous de le découvrir. Vous avez compris, Mount ? Bien ! Fermez les yeux et videz votre esprit.

Cally ferma les yeux et inspira à fond.

— C'est bien. Très bien. À présent, je veux que vous plongiez dans les profondeurs de votre cerveau, continua Mme Knorrig d'une vois hypnotique. Enfoncez-vous dans l'obscurité. Que voyez-vous ?

Cally s'apprêtait à lui répondre qu'elle ne percevait que des points violacés derrière ses paupières lorsqu'elle discerna un sous-bois épais et luxuriant.

— Je... je vois une forêt.

— Bien, très bien. Et qui vous accueille dans cette forêt ?

Cally plissa le front et se concentra pour distinguer des détails. Alors qu'elle s'avançait vers les arbres, une paire d'yeux rouges comme des braises surgit subitement des ténèbres entre les troncs noueux. Elle entendit un grondement sourd et un loup gris jaillit de l'obscurité en humant l'air avec méfiance.

— Je vois un loup ! annonça-t-elle joyeusement.

— Excellent ! C'est votre totem, l'animal de votre lignée. Il fait autant partie de votre patrimoine génétique que la couleur de vos yeux ou celle de vos cheveux. Je voudrais que vous le touchiez.

Cally s'approcha de l'animal d'un pas mal assuré, la main tendue. Le loup la sentit et avança vers elle à tout petits pas, comme s'il hésitait entre l'attaque ou la fuite.

— Percevez-vous son énergie ?

Cally remarqua alors que l'animal était entouré d'un halo vert.

— Oui, murmura-t-elle.

— Parfait ! Posez votre main sur lui et laissez son énergie couler en vous.

Cally plaça prudemment la main sur son échine. Bien que consciente qu'il n'y avait rien devant elle que le vide, elle sentit la chaleur du corps sous sa paume et la douceur de la fourrure entre ses doigts. Le fait de caresser cette créature déclencha en elle un étrange sentiment de bien-être, comme si, rentrant chez elle après un long voyage, elle retrouvait autour d'un bon feu tous ceux qu'elle aimait.

Le halo verdâtre qui entourait le loup gagna sa main et remonta le long de son bras telle une vigne envahissante. Quand il atteignit son épaule, Cally éprouva soudain une souffrance atroce, comme si on lui broyait les os de l'intérieur.

Mme Knorrig la regarda tomber à genoux et se tordre de douleur tandis que son bras droit se mettait à gonfler et à se transformer en patte de loup.

— Continuez, Mount, vous vous en sortez à merveille ! N'ayez pas peur. Emparez-vous de la puissance du loup et faites-la vôtre !

Craignant que l'animal ne lui échappe, Cally enfonça ses doigts dans sa fourrure. Le loup réagit brutalement et lui montra des crocs impressionnants. Même si elle savait qu'il s'agissait seulement d'une vision, elle recula d'instinct. Le loup bondit en arrière et se fondit dans l'ombre derrière les arbres, emportant la sensation de bien-être.

— Non ! Attends ! Ne t'en va pas ! protesta-t-elle, les mains tendues.

Une odeur d'ozone envahit l'air et Mme Knorrig poussa un cri en voyant jaillir du bras de son élève un ectoplasme aussi noir que de l'encre et strié de bandes écarlates qui palpitaient telles des veines sous la peau. Sous le regard stupéfait du professeur, il s'écoula des doigts de Cally et tomba sur le sol froid de la grotte en grésillant.

— Ouvrez les yeux! hurla Mme Knorrig. Mount, ouvrez les yeux!

À l'instant où Cally obéit, la matière sombre disparut, happée, semblait-il, par son corps. Son bras retomba, inerte, le long de son flanc et elle jeta un regard hébété autour d'elle.

— Je suis désolée, madame. Le loup s'est enfui. Voulez-vous que je réessaie?

— Ça suffira, Mount, répondit Mme Knorrig en griffonnant sur son bloc-notes. J'en ai vu assez pour aujourd'hui.

Chapitre 12

Il était très tard lorsque Cally quitta enfin l'établissement. En plus de devoir supporter la haine des élèves et le mépris des professeurs, il lui fallait endurer un trajet hyper long pour rentrer chez elle.

Elle descendit à la station Williamsburg et contempla les feux arrière du train J qui s'éloignait. Elle se retourna dans l'espoir d'apercevoir Peter, mais elle se reprit vite. Tomber amoureuse d'un Van Helsing, manquait plus que ça ! Elle n'avait pas plus de cervelle qu'une mangouste qui s'éprendrait d'un cobra ou qu'une sirène qui s'enticherait d'un pêcheur !

Cally se souvenait encore du jour où elle s'était cassé le bras en tombant d'un toboggan. Elle avait quatre ans et elle avait pleuré à peine une minute, plus de surprise que de douleur, avant de se relever d'un bond pour retourner jouer comme si de rien n'était.

Sa grand-mère, qui la gardait, s'était empressée de l'emmener, disant aux autres parents qu'elle la conduisait aux urgences. Mais, au lieu de se rendre à l'hôpital, elle avait demandé au taxi de les ramener à la maison, où elle avait donné de longues explications à la fillette.

— Méfie-toi quand tu joues avec d'autres enfants, ma chérie. Malgré les apparences, ils sont très différents de toi. Quand ils se blessent, ils ne guérissent pas tout de suite. Il faut que tu le comprennes. Si tu te fais mal en public, personne ne doit s'apercevoir que tu te rétablis immédiatement. Tu dois faire semblant de souffrir et t'en aller au plus vite. Si les humains découvrent qui tu es, ils t'éloigneront de moi et de ta mère. Même si tu trouves les gens très gentils, tu ne dois jamais te confier à personne, surtout aux humains.

La mise en garde de sa grand-mère résonnant encore à ses oreilles, Cally glissa son sac sur son épaule et se dirigea vers la sortie.

Elle gagna d'un pas vif un supermarché ouvert jour et nuit, attrapa un panier qu'elle emplit de ce qui lui manquait : papier toilette, vernis à ongles, gâteaux secs, bouteille de lait aromatisé… enfin, un bouquet de fleurs. Tandis qu'il passait ses achats, le caissier lorgnait son blazer, sa jupe plissée et ses mocassins.

— Dis-moi, t'es déguisée en petite catholique perverse ou c'est ta tenue normale ? demanda-t-il avec un sourire obscène.

— T'excite pas, pauvre malade! répliqua-t-elle en lui arrachant le sac des mains.

Il lui restait une étape avant de rentrer chez elle.

Le cimetière Mon Repos datait de 1830 : ses allées verdoyantes à l'ombre des arbres et ses monuments usés par les ans étaient à présent cernés d'immeubles de bureaux et d'habitations. Un portail en fer forgé hérissé de pointes fermé par une énorme chaîne, tel un python d'acier, protégeait les morts des vandales, des ivrognes et des drogués en quête d'un endroit pour dormir.

Après avoir vérifié que la rue était déserte, Cally sauta d'un bond au sommet du mur. Elle s'immobilisa une brève seconde, le temps de s'assurer que rien ne s'était échappé de son sac à provisions, avant de se laisser choir de l'autre côté.

Elle avait toujours adoré le calme de cet endroit, à des lieues du vacarme et de la bousculade de la ville. Avec ses oiseaux, ses écureuils et ses vieux chênes, cette petite enclave évoquait pour elle davantage le jardin de sa grand-mère qu'un cimetière.

Elle se faufila en silence entre les pierres éclairées par la lune jusqu'à la tombe de ses grands-parents, qui disparaissait sous une couche de feuilles mordorées. La stèle représentait deux cœurs unis par une colombe.

Malgré vingt années d'exposition aux intempéries, le premier nom gravé sur le monument était toujours parfaitement lisible : CYRIL MOUNT, 1925-1988. Le second était beaucoup plus récent : SINA ORTERBERG MOUNT, 1931-2006.

— Bonjour, grand-mère, bonjour, grand-père. Je vous ai apporté des fleurs, dit Cally en retirant du vase les gueules-de-loup fanées pour les remplacer par son bouquet.

Tandis qu'elle ôtait les feuilles qui recouvraient la dalle, le vent lui apporta une odeur familière et elle se retourna d'un bond.

— Qu'est-ce que tu fais là ? Qui est avec toi ? s'écria-t-elle.

Une ombre se détacha de la grande statue d'ange éploré qui surplombait la tombe voisine et s'avança sous la faible lumière qui provenait de la rue.

— N'aie pas peur, dit Peter Van Helsing. Je suis seul.

— Là, c'est trop ! murmura Cally, soudain au bord des larmes. C'était déjà énorme que tu me retrouves dans le club, mais comment as-tu deviné que je viendrais ici ?

Il haussa les épaules.

— Qu'est-ce que tu veux que je te dise ? J'ai été formé à la traque. Tu étais si bouleversée, hier soir, que tu ne m'as pas laissé le temps de m'expliquer. Je ne veux pas te voir malheureuse, Cally Mount.

— C'est drôle, tu as pourtant voulu me tuer, la première fois qu'on s'est vus. Et puis, comment connais-tu mon nom de famille, au fait ?

— Je sais beaucoup de choses sur toi et tes parents, Cally.

Il plongea la main dans la poche intérieure de sa veste et en sortit une vieille photo aux bords abîmés.

— Je l'ai volée dans un vieux dossier de mon père. S'il le savait, je passerais un mauvais quart d'heure ! C'est une photo de ta grand-mère avec mon père, Christopher Van Helsing, et son poulain de l'époque, Ike Grainger.

Cally regarda avec stupéfaction le cliché qu'il lui tendait. La femme était beaucoup plus jeune que la grand-mère qu'elle avait chérie, mais c'étaient bien son sourire et l'éclat de son regard. Elle se tenait entre un bel homme à l'épaisse chevelure auburn qui n'était pas sans évoquer la tignasse de Peter et un jeune Noir baraqué dans lequel elle reconnut le chasseur de vampires qu'elle avait électrocuté dans le parc.

— Quand a-t-elle été prise ?

— Il y a une trentaine d'années, à l'époque où mon père a succédé à mon grand-père à la tête de l'Institut.

— Je ne comprends toujours pas. Qu'est-ce que ma grand-mère fabriquait avec ton père ?

— Elle faisait partie des Élites, entraînées à utiliser leurs pouvoirs surnaturels dans la chasse aux vampires. D'après mon père, Sina comptait parmi ses meilleurs éléments.

— C'est faux ! explosa Cally en lui collant la photo dans les mains. Je parie que tu as fait ce montage sur

Photoshop. T'es cinglé ! Ma grand-mère n'a jamais chassé les vampires…

— Ta grand-mère était une sorcière, Cally, l'interrompit Peter en lui attrapant le poignet. Elle utilisait ses pouvoirs pour faire le bien… Et, surtout, elle était humaine. Comme ta mère !

— Ça suffit. Je ne veux plus entendre tes sornettes ! rétorqua-t-elle en ramassant ses courses. Tu sais quoi ? T'es grave ! Maintenant, fous-moi la paix !

— Non ! Tu ne partiras pas avant de m'avoir écouté !

Il la repoussa si violemment que le sac de courses tomba et se répandit sur la tombe voisine.

Cally aurait pu se dégager sans difficulté, mais elle ne put s'y résoudre. Elle dévisagea Peter. Son haleine effleurait sa joue et elle sentait son odeur chaude et puissante. Elle leva les yeux vers les siens et y aperçut son reflet, comme si elle était prisonnière à l'intérieur de la tête du garçon.

— Pourquoi tu fais ça ?

— Parce que je veux t'aider.

— Depuis quand les Van Helsing viennent-ils en aide aux vampires ? ricana-t-elle.

— Tu n'es pas une vampire, Cally. Un vampire ne sauve jamais la vie à un humain. Et depuis quand les vampires se nourrissent-ils de lait aromatisé et de gâteaux secs ? ajouta-t-il en montrant les provisions. Ça fait combien de temps que tu joues cette comédie, Cally ? Six mois ? Un an ?

Son premier élan fut de lui mentir, comme à tous les autres humains. Depuis le jour où elle était tombée du toboggan, sa grand-mère lui avait seriné de ne jamais dire la vérité. Mentir était devenu une seconde nature. Pourtant, quand elle ouvrit la bouche, elle s'entendit déclarer :

— Presque deux ans.

La satisfaction qu'elle éprouva à avouer enfin la vérité la sidéra. Depuis la mort de sa grand-mère, elle n'avait pu se confier à personne.

— Le lait et les gâteaux sont pour ma mère. J'ai commencé à métaboliser le sang il y a trois ans. Ma grand-mère a décidé de me sevrer des aliments solides dès qu'elle a appris qu'elle avait un cancer. Je ne devais boire que du sang si je voulais me faire passer pour une vampire après sa mort. Mais je ne te mentirai pas, Peter. Parfois, j'en ai tellement marre de feindre d'être ce que je ne suis pas que j'ai envie de tout larguer.

— Qu'est-ce qui t'oblige à poursuivre cette mascarade, Cally ? Viens avec moi à l'Institut. Je veillerai à ce qu'on prenne soin de ta mère. Tu n'auras plus à t'inquiéter pour elle.

— Tu veux que je devienne une Van Helsing ! s'écria-t-elle, horrifiée. Mais je ne pourrai jamais !

— Tu es une hybride*, Cally. Combien de temps penses-tu pouvoir te faire passer pour une Sang-Pur maintenant que tu es à l'Académie Bathory ? Ils finiront bien par découvrir la vérité tôt ou tard.

— Comment es-tu au courant, pour Bathory ?

— Il suffit de voir ton uniforme, répondit-il avec un sourire en coin. Je te rappelle que c'est mon ancêtre qui a brûlé l'ancienne école. Mais, rassure-toi, le bâtiment actuel est trop bien fortifié pour qu'on tente à nouveau de le détruire, sans compter que nous aurions du mal à expliquer à la police pourquoi nous souhaitons planter des pieux dans le cœur de toutes ses jeunes élèves.

Cally regarda la stèle de ses grands-parents éclairée par le clair de lune.

— Si ce que tu dis sur ma grand-mère est vrai, elle avait sans doute de bonnes raisons de me tenir à l'écart de l'Institut. Alors, malgré mon envie de rester avec toi, je suis forcée de refuser ta proposition.

Peter laissa échapper un gros soupir.

— Je m'attendais à cette réponse, dit-il en lui tendant une carte. Tiens, voilà mon numéro si jamais tu veux me joindre.

Elle la glissa en souriant dans une poche de son blazer.

— Merci.

— Mon père est un homme bien, mais obstiné, ajouta-t-il d'un air sombre. Il te cherche depuis longtemps, Cally. Les hybrides font d'excellents chasseurs de vampires, car ils peuvent se faire passer pour l'un d'eux, ainsi que l'a prouvé mon ancêtre. Mon père veut t'utiliser comme arme contre ses ennemis. Et moi, j'empêcherai quiconque de te faire du mal, à commencer par lui. Te rends-tu compte que, pour toi, je suis prêt à trahir tout ce en quoi j'ai cru et tous ceux que j'aime ? conclut-il, les yeux brillants d'angoisse.

Perdant la tête, Cally prit le visage de Peter entre ses mains pâles et l'attira à elle pour l'embrasser fougueusement. Il lui rendit son baiser avec ardeur en écrasant son corps contre le sien. Soudain, Cally éprouva une soif dévorante. Elle s'arracha aux lèvres de Peter et posa sa bouche frémissante sur sa gorge. Elle sentit la sueur qui nimbait sa peau comme du mercure et perçut les palpitations de sa veine jugulaire sous ses crocs. L'envie de goûter son sang la submergea. Juste une petite morsure de tendresse. Elle ne pourrait sans doute pas le transformer en mort-vivant, même si elle le voulait. Le seul danger, c'était qu'elle n'arrive pas à s'arrêter et qu'il…

— Non ! hurla-t-elle en s'écartant brutalement. Je suis désolée. Il faut que j'y aille, balbutia-t-elle en ramassant ses provisions à la hâte. Je t'appellerai.

Peter, les bras ballants, la regarda franchir le mur du cimetière. Alors qu'elle disparaissait dans la nuit, il entendit un petit battement sec et vit un papillon qui se cognait contre la lampe du réverbère, dans la rue. Il se rembrunit et détourna précipitamment les yeux.

Sa mère ronflait paisiblement devant la télévision lorsque Cally arriva chez elle. Elle ôta du canapé l'assiette de nourriture à peine touchée et la bouteille de bourbon vide pour les jeter dans la poubelle. Elle prit la vieille couverture au crochet de sa grand-mère dans le placard de l'entrée et en recouvrit délicatement sa mère. Après l'avoir embrassée sur la joue, elle alla se doucher.

Les yeux clos, elle resta sous le jet une demi-heure. En dépit de tous ses efforts, elle n'arrivait pas à chasser de son esprit la photo de sa grand-mère qui souriait en compagnie du pire ennemi des vampires, ni les paroles de Peter qui repassaient en boucle dans sa tête : « Qu'est-ce qui t'oblige à poursuivre cette mascarade, Cally ? »

Chapitre 13

— Voler fait partie intégrante de notre héritage et de notre destin, déclara Mme Knorrig dès le deuxième cours. Toutefois, cela ne se limite pas à battre des ailes et à éviter les appareils qui évoluent à basse altitude. Il faut apprendre à utiliser l'écholocalisation pour se déplacer dans des espaces confinés ou encombrés.

Debout sur une large corniche à trente mètres au-dessus du sol de la grotte, Cally se félicitait d'être séparée par plusieurs filles de Lilith, qui lui jetait des regards menaçants.

Laissant Mme Knorrig poursuivre ses explications, Cally s'approcha du bord pour contempler le précipice. Vues de cette hauteur, les rangées de stalagmites ressemblaient aux haies d'un labyrinthe.

Soudain, Cally recula, prise de vertiges. Elle leva la tête et vit Lilith qui l'observait. Ce serait trop bête de mourir en basculant dans le vide. Et elle avait l'impression que certaines de ses camarades n'hésiteraient pas à la pousser à la première occasion.

— Maledetto, à vous de commencer ! ordonna le professeur en consultant son bloc-notes.

Cally crut qu'il s'agissait de Bella avant de reconnaître Bette, qui tendit à Lilith ses rubans rouges.

— Tu veux bien me les tenir ? lui demanda-t-elle timidement.

Elle avait l'habitude de compter sur sa sœur pour ce genre de petit service, mais l'école avait décidé de les placer dans des classes différentes afin de développer leur indépendance.

Lilith la toisa avec dédain.

— Tu me prends pour ta bonne ?

Voyant une chance de se faire une alliée, Cally s'approcha.

— Je peux te les garder, si tu veux.

— Oh, merci.

Bette s'avança au bord du précipice et leva les bras audessus de sa tête. Aussitôt, ses doigts s'allongèrent et ses pouces se métamorphosèrent en énormes serres. Les os de ses mains changèrent de forme, la peau entre ses doigts et sur ses bras s'étira et se recouvrit d'une membrane. La pointe de son nez se retroussa et des crocs d'un blanc nacré saillirent de sa bouche. Ses oreilles quadruplèrent de volume et ses cheveux cédèrent la place à une fourrure gris foncé douce comme du velours ; son cou se rétracta, sa tête s'enfonça entre ses épaules et son torse s'élargit. Ses orteils grandirent et leurs ongles se recourbèrent en griffes d'ébène.

Cally fut abasourdie par la vitesse à laquelle la mignonne adolescente au visage poupin s'était métamorphosée en une monstrueuse chauve-souris humanoïde. Cela n'avait pris que quelques secondes. À la pensée de devoir accomplir pareil exploit, elle sentit son estomac se nouer.

— Détendez-vous, Maledetto, murmura le professeur. Vous allez y arriver.

Bette contracta ses pectoraux, rabattit ses ailes contre ses flancs et se jeta dans l'abîme. Ses camarades se penchèrent en se bousculant pour mieux la voir plonger vers les rochers. Soudain, ses bras s'ouvrirent, comme mus par des ressorts, et, bandant ses muscles, elle commença à brasser l'air vigoureusement. La peau de ses ailes se gonfla aussitôt et elle remonta rapidement vers le plafond.

— Bravo, Maledetto ! la félicita Mme Knorrig. À présent accrochez-vous à un rocher !

Bette plana vers une stalactite et se suspendit la tête en bas par ses griffes et ses serres.

— J'espère que tout le monde a vu comment Maledetto s'est élancée. Qu'y a-t-il, Mortimer ?

— Est-ce qu'on aura cette épreuve au contrôle ?

Mme Knorrig se pinça le nez en soupirant.

— Je vous rappelle qu'il n'y a pas de contrôle écrit pour ce cours, Mortimer. Vous serez notées uniquement sur vos performances physiques.

— Bien, madame, répondit Bianca d'un ton piteux.

— Maintenant que vous voilà toutes rassurées, mettez-vous en file indienne par ordre alphabétique. Vous allez sauter chacune à votre tour.

Il y eut un peu de bousculade et quelques éclats de voix le temps que les élèves se mettent en rang. Alors que Cally prenait sa place d'un pas traînant, Mme Knorrig la retint par le bras.

— Cela ne vous concerne pas, Mount. Si vous n'êtes pas encore capable de vous métamorphoser en loup, je ne vais certainement pas vous laisser sauter dans le vide en espérant que des ailes vous pousseront avant que vous arriviez en bas. Dites-moi, mon enfant, parvenez-vous à grimper aux murs ?

— Non, avoua Cally, secrètement soulagée de ne pas avoir à tester son aptitude à voler, tout en étant vexée d'être mise à l'écart. Mais je ne saute pas trop mal. Je peux franchir d'un bond des murs de trois mètres de haut.

— Eh bien, c'est déjà un début ! Sauf que sauter n'est pas voler, loin de là.

— Et comment ça va se passer, pour mes notes, si je n'ai pas le droit de voler ?

— Vous allez faire des tours de piste.

— Mais…

— Ne discutez pas, Mount. La seule question que je vous autorise à poser, c'est : « Pendant combien de temps ? » Est-ce clair ?

— Oui, madame. Pendant combien de temps ?

— Jusqu'à ce que je vous dise d'arrêter.

Sur ces mots, Mme Knorrig sauta de la corniche et rejoignit les élèves. Avec un gros soupir, Cally descendit l'escalier en colimaçon creusé dans la paroi de la caverne.

— Mount ! cria Mme Knorrig d'une voix qui résonna dans toute la grotte.

Cally ralentit l'allure et s'arrêta. Elle courait depuis si longtemps qu'elle avait perdu la notion du temps. Elle leva la tête et vit son professeur, perchée au sommet d'une stalagmite.

— Oui, madame, murmura-t-elle en se pliant en deux pour reprendre son souffle, les mains sur les genoux, le dos trempé de sueur. Le cours est terminé ?

— Je suis désolée, mon enfant. Je vous ai complètement oubliée. Si vous vous dépêchez, vous arriverez peut-être à temps pour le dernier service à la cantine.

— Merci, madame.

Cally réprima l'envie de lui répondre par une insolence. L'atmosphère était déjà assez tendue entre elles. Elle n'apprécierait pas de devoir faire des tours de piste à reculons !

Elle se dirigea vers le vestiaire et s'aperçut qu'elle avait encore les rubans de Bette dans sa poche. Autant les garder sur elle. La jumelle finirait bien par venir les lui réclamer. Elle pourrait en profiter pour lui parler sans avoir Lilith ou une de ses lèche-bottes sur le dos.

Le vestiaire était désert. Au moins se changerait-elle sans témoins. Elle avait honte des slips qu'elle achetait par trois alors que les autres élèves portaient toutes de la lingerie fine.

Elle se penchait vers le panier de serviettes propres lorsqu'elle crut entendre un bruit dans les toilettes.

— Y a quelqu'un ? appela-t-elle.

Elle tendit l'oreille, mais ne perçut que le « floc floc » d'une douche qui gouttait. Elle haussa les épaules et se retourna vers le panier quand, cette fois, elle distingua un sanglot étouffé.

Elle laissa retomber le couvercle et se dirigea vers les toilettes. Comme elles étaient toutes fermées, elle regarda sous les portes. Elle aperçut dans la dernière cabine deux pieds chaussés de mocassins marron et des chaussettes blanches.

— Tout va bien ?

— Laisse-moi ! répliqua une voix tellement haut perchée qu'on aurait dit que sa propriétaire avait inhalé un bidon entier d'hélium.

— T'as une drôle de voix. Tu t'es fait mal ?

— Non, je vais bien… enfin, je ne suis pas blessée. Va-t'en et t'occupe pas de moi ! protesta la fille avant de renifler de plus belle.

— Ouvre-moi, insista Cally.

— Non ! hurla l'élève d'un ton encore plus aigu. J'veux pas que tu me voies !

— D'accord ! D'accord ! Dis-moi au moins ce que tu as ?

— Promets-moi de ne le répéter à personne, répondit la fille après un long silence.

— Promis.

— Je suis coincée !

Cally fronça les sourcils.

— Comment ça, coincée ? Dans les toilettes ?

— Non, coincée comme ça, geignit la fille en ouvrant la porte.

Cally plaqua sa main sur sa bouche en voyant apparaître une fille fluette à la tête de chauve-souris géante et vêtue de l'uniforme de Bathory.

— Ne me regarde pas ! Je suis hideuse ! gémit-elle en se dissimulant derrière ses bras.

— Comment ça t'est arrivé ? demanda Cally en faisant un terrible effort pour rester imperturbable.

— J'en sais rien. J'avais repris ma forme humaine et je me rhabillais quand je me suis aperçue que je n'avais pas mes rubans. Je les ai cherchés où je les avais vus pour la dernière fois, et soudain j'ai commencé à me métamorphoser ! Je n'ai eu que le temps de me précipiter ici pour me cacher.

— Tu es Bette Maledetto ? s'écria Cally, stupéfaite.

— J'en ai bien peur.

Cally plongea la main dans sa poche.

— J'ai tes rubans, si ça peut t'être utile.

Bette les prit et les frotta contre sa joue duveteuse.

— Merci. Mais qu'est-ce que je vais devenir ? J'ai tout essayé. Pas moyen de retrouver mon apparence normale !

— Reste là. Je vais chercher Mme Knorrig.

Bette la retint par le bras.

— Non ! Telle que je la connais, elle fera un rapport à la directrice ! Les autres nous regardent déjà de haut, ma sœur et moi, parce qu'on est des Demi-Sang ! Elles seraient trop contentes de brandir ce prétexte pour démontrer que nous n'avons rien à faire ici !

— Je croyais être la seule à avoir ce genre de problème, murmura Cally avec un sourire amusé.

— Non, nous aussi, notre scolarité est financée par un legs ancestral. Notre mère est une Lamia, une Sang-de-Race, alors que notre père est un Sang-Neuf. Heureusement, la plupart des filles préfèrent nous éviter par peur des représailles. Il n'y a que Melinda qui soit gentille avec nous. Sans doute parce que les autres se moquent d'elle à cause de son totem – une panthère au lieu d'un loup. Là, je suis foutue… soupira-t-elle. Même si l'incident ne figure pas sur mon bulletin, Lilith veillera à ce que je ne l'oublie jamais ! Nos pères se haïssent depuis la nuit des temps et elle ne rate pas une occasion de me pourrir la vie ! J'entends déjà les autres rigoler en m'appelant « Bette la bébête » dans mon dos.

Elle sanglota et s'affala sur la cuvette des WC.

— Il ne faut pas te mettre dans cet état, protesta Cally en lui tapotant l'épaule. Écoute, t'as pas le choix : ou tu te résignes à avoir une mauvaise note ou tu te balades avec un sac à patates sur la tête. De toute façon, tu ne vas pas rester éternellement dans le vestiaire des filles. Je vais aller chercher Mme Knorrig. Je suis sûre qu'elle pourra arranger ça.

— Oui, t'as raison, soupira Bette d'un air résigné. C'est très gentil à toi de m'aider. Jusqu'à présent, je ne pouvais compter que sur ma sœur !

— Tu ne crois pas qu'à l'avenir on aurait intérêt à se serrer les coudes, entre Demi-Sang ?

Chapitre 14

Cally courut au bureau de Mme Knorrig. La porte était fermée à clé. Elle retourna dans la grotte et scruta le paysage de pierre.

— Hou hou ? Madame Knorrig ?

Elle tendit l'oreille. Seul l'écho de sa voix lui répondit. Tout à coup, elle vit une ombre se faufiler entre les stalagmites.

— Madame ! Attendez ! cria-t-elle en s'enfonçant dans le labyrinthe de roches.

Une silhouette sombre surgit de derrière un pilier et lui bloqua le passage. Cally, déconcentrée, tomba sur le derrière en laissant échapper un cri.

Un garçon vêtu du pantalon gris anthracite, du blazer bordeaux et de la cravate rouge et noir des élèves de Ruthven se précipita vers elle.

— Oh, je suis désolé ! Je t'en prie, laisse-moi t'aider, s'excusa-t-il, d'une voix qui zozotait légèrement, en lui tendant une main aux doigts d'une longueur extraordinaire.

Ses cheveux filasse dessinaient une pointe sur son front immense, ce qui faisait non seulement ressortir ses sourcils arqués et ses oreilles pointues, mais aussi son nez aquilin, ses yeux profondément enfoncés dans leurs orbites et sa grande bouche sensuelle. Cependant, il émanait de lui une gentillesse surprenante.

— Je suis navré de t'avoir effrayée. C'est un de mes gros défauts, ajouta-t-il avec un sourire penaud.

— Non, tu m'as juste surprise, gloussa-t-elle en époussetant ses vêtements. Je cherche Mme Knorrig. Qui es-tu, au fait ?

— Je suis l'assistant de M. Munn. Mme Knorrig a dû aller faire une course. Je l'ai vue partir par l'issue de secours.

Cally fronça les sourcils.

— L'issue de secours ?

— C'est devenu obligatoire dans les écoles depuis le Grand Incendie. Il s'agit d'un tunnel secret qui passe sous l'East River et débouche à Mill Rock Island, près de la porte du Diable.

— Et ce M. Munn dont tu parlais, il est encore dans les parages ?

— J'ai bien peur que non.

— Super ! soupira-t-elle en levant les yeux au ciel.

— Je peux peut-être t'aider. Je suis son assistant, après tout.

— Eh bien, voilà, il y a une fille de ma classe qui… qui est un peu coincée.

— Coincée ? répéta-t-il en haussant les sourcils.

— Oui, coincée entre deux formes.

— Je crois que je peux faire quelque chose pour elle. Où est-elle ?

— Dans le vestiaire. Suis-moi.

Le sourire du garçon s'évanouit.

— Quel vestiaire ? Celui des filles ? Tu sais ce que je risque si on me trouve là-bas ?

— Y a plus qu'elle. Et, si Mme Knorrig et M. Munn sont partis tous les deux, qui te verra ?

— Ouais, t'as raison, acquiesça-t-il en souriant.

— Merci. À propos, je m'appelle Cally.

— Enchanté. Moi, c'est Xander. Mes amis m'appellent Exo.

— Bette ? Tu m'entends ?

— Qui est-ce ? demanda Bette d'une voix anxieuse.

— Pas de panique, c'est moi. T'es visible ? Je te pose la question parce que je suis avec un garçon.

— Un garçon ? répéta Bette d'une voix hyper aiguë. Mais je croyais que tu allais chercher Mme Knorrig !

— Elle n'est pas là. Et j'ai rencontré un élève qui pense pouvoir te tirer d'affaire.

— Oublie ! Si je ne veux pas que les autres filles me voient, c'est pas pour me montrer à un garçon !

— Laisse-moi lui parler, chuchota Xander à Cally.

Il se colla contre la porte.

— Salut. C'est Bette, je crois ? Je sais ce que tu ressens, dit-il de la voix qu'on prend pour apprivoiser un animal, mais il n'y a pas de quoi avoir honte. Ça peut arriver à tout le monde. Et faut pas t'inquiéter pour moi. J'en ai vu d'autres !

— Tu me promets de ne pas rire ?

— Je te le promets, répondit-il d'un ton solennel.

— Je suis vraiment affreuse.

— Ça te rassure si je te dis que je suis un Orlock ?

On entendit un bruit de verrou et la porte de la cabine s'entrouvrit juste assez pour laisser apercevoir un petit œil injecté de sang entouré de fourrure gris foncé.

— Le fils du comte ? demanda Bette.

— Oui, bien que j'aie peut-être une flopée de demi-frères*.

— Alors, d'accord.

Elle ouvrit le battant en grand et sortit.

Xander l'examina un long moment, les bras croisés, son coude droit calé dans sa main gauche, et se tapota l'aile du nez avec son index démesuré.

— C'est grave ? coassa Bette en serrant ses rubans contre elle.

— Non, pas du tout. Il te faudrait un peu de potion d'inversion. Le problème, c'est que M. Munn la garde sous clé. Mais j'ai étudié sa formule en cours et je devrais pouvoir la reproduire sans mal.

— C'est génial ! jubila Cally. Tu vois, Bette ? Je t'avais bien dit que tout allait s'arranger. Il suffit qu'Exo aille confectionner cette potion, que je te la rapporte et que tu la boives.

— Il y a un hic, continua Xander en se frottant la nuque. La potion a une durée de vie très courte. Et il me faudrait un diluant spécial pour la mettre en bouteille et la transporter, et seul le professeur Frid a accès à ce produit. Et, le temps que je confectionne la potion, que je la transvase et l'apporte, elle aura perdu son efficacité. Il faut la consommer dans les deux minutes qui suivent sa préparation.

— Ce qui signifie ?

— Que nous devons emmener Bette à Ruthven.

— Vous êtes fous ou quoi ? hurla Bette d'une voix perçante qui fit grimacer Cally et Xander. Les élèves de Bathory surprises sans chaperon sur le campus de Ruthven sont expulsées d'office ! Et c'est pareil pour les élèves de Ruthven qui s'aventurent à Bathory ! En fait, si quelqu'un nous découvrait à cette seconde, nous serions tous renvoyés !

— Tu préfères que j'aille raconter ce qui t'est arrivé à Mme Nerezza ?

— Non !

— Dans ce cas, on n'a pas le choix.

Les lèvres de Bette se mirent à trembler et ses petits yeux globuleux s'emplirent de larmes.

— J'ai peur, Cally ! Je n'ai pas l'habitude de faire un pas sans Bella.

— Je t'accompagne.

Bette lui jeta les bras autour du cou.

— Oh, merci, Cally ! Merci ! Merci ! Merci ! Mais tu ne crains pas d'avoir des ennuis ?

Cally haussa les épaules.

— À l'allure où ça va, je ne crois pas que je ferai de vieux os à Bathory. Je n'ai rien à perdre.

— Waouh ! C'est donc à ça que ressemble une école de garçons ! chuchota Bette quand ils s'enfoncèrent dans le tunnel qui menait de la grotte à Ruthven.

On aurait dit le déambulatoire d'un monastère gothique.

— Dépêchez-vous ! En principe, la grotte et le labo sont déserts pendant le repas, mais y a toujours un risque de croiser quelqu'un, expliqua Xander en appuyant sur le bouton de l'ascenseur. Je pourrais vous jeter un sort d'occultation, mais ça ne rend invisible qu'aux yeux des caillots.

Comme à Bathory, les salles de classe se situaient en sous-sol sur trois niveaux, le dernier étant celui de la grotte que les deux écoles partageaient. On retrouvait le style gothique au second sous-sol, avec un impressionnant plafond voûté en ogive.

— Nous y voilà, chuchota Xander en poussant la porte du laboratoire aux potions. Heureusement que notre alchimiste, le professeur Frid, est un homme aux habitudes très régulières. Nous disposons d'un bon quart d'heure avant qu'il revienne de déjeuner.

Le sol, au centre de la pièce, était couvert d'étranges symboles et de chandelles à moitié consumées ; des tables de pierre s'alignaient le long des murs. Xander s'approcha d'une paillasse à l'écart, encombrée de flacons, de flasques et d'ustensiles, dont un humérus et un crâne en guise de pilon et de mortier. Mesurant avec précision les liquides et poudres tirés de différents récipients, il les versa dans un tube à essais suspendu au-dessus d'un bec de gaz qu'il enflamma.

Bette le regarda mélanger de l'ellébore noir et de la poudre de mandragore qu'il ajouta à la mixture bouillonnante.

— Tu es sûr que ça va marcher ?

— Certain ! répliqua-t-il avec un clin d'œil rassurant. Nous avons un don pour ça, nous, les Orlock.

Il sursauta brusquement en entendant la porte du laboratoire s'ouvrir et se refermer.

— Vite, cachez-vous !

Cally saisit Bette par la main et la tira sous une table.

— C'est toi, Exo ?

Xander se retourna et reconnut avec stupeur son cousin Jules.

— Affirmatif, répondit-il en se frottant nerveusement les mains sur sa chemise. Qu'est-ce que tu fiches là ?

— J'ai oublié mon répertoire de formules, expliqua Jules, qui brandit un vieux livre en cuir fermé par une serrure. Et toi, qu'est-ce que tu fabriques ici ?

— Je fais des heures sup.

— Tu penses vraiment qu'au boulot !

— Que veux-tu ? Je ne peux pas compter sur mon physique, comme certains, répliqua Xander avec un sourire en coin.

— Et si tu venais nous retrouver après les cours ? Sergueï a invité des potes chez lui.

— Non, merci. C'est pas mon truc. En plus, j'ai l'impression que Lilith n'apprécie pas ma compagnie.

— Je ne lui ai pas encore parlé de cette soirée, avoua Jules en regardant ses chaussures. Je lui trouve un comportement tellement bizarre, ces derniers temps ! Depuis que Tanith est morte, elle s'en prend à la nouvelle, la Sang-Neuf. J'aimerais tant qu'elle redevienne comme avant.

— Change-lui les idées. Organise une soirée romantique.

— Pour quelqu'un qui n'est jamais sorti avec une fille, t'en connais un bout sur les nanas !

— Ma mère est abonnée à *Cosmo*. Je le lis en cachette de mon père.

— À plus, cousin ! Merci pour ton conseil ! Cela devrait lui plaire !

Xander le regarda quitter le labo.

Cally sortit de sa cachette.

— Qui c'était ?

— Mon cousin Jules.

— Ton *cousin* ? s'exclama-t-elle, stupéfaite.

— Ne me dis pas que notre ressemblance t'a échappé ! ironisa-t-il.

— Ce n'est pas ce que je voulais dire, Exo.

— C'est pas grave, soupira-t-il en retournant préparer sa potion. J'ai l'habitude. Jules est un séducteur et moi, un épouvantail. Je le sais, tu le sais, le monde entier le sait.

— Oh, ne parle pas comme ça, murmura-t-elle en posant sa main sur son bras.

Xander lui adressa un petit sourire triste.

— Tu es une fille adorable, Cally, mais inutile de me voiler la face. Les Orlock sont une des familles les plus anciennes, les plus riches et les plus puissantes du monde, ça ne les rend pas séduisants pour autant. J'ai fini par accepter ma laideur. Je suis bien dans ma peau, c'est l'essentiel. Maintenant, attention ! Quand je vais mettre le dernier ingrédient dans la potion, ça va fuser comme des Mentos dans du Coca light.

Il prit une fiole qui ne portait aucune inscription et fit tomber un peu de poudre dans le tube. Le mélange se mit à bouillir en passant par toutes les couleurs de l'arc-en-ciel. Quand il devint lavande, Exo le retira du feu et le versa dans un verre qu'il tendit à Bette.

— Avale ça vite fait.

— Berk ! Ça pue comme des vieilles chaussettes de gym sales ! protesta-t-elle.

— Je ne t'ai jamais promis que ça sentirait la rose, riposta-il.

Bette ferma les yeux et vida le verre d'une traite.

— Berk ! Berk ! Berk ! Le goût est cent fois pire que l'odeur ! s'exclama-t-elle en s'essuyant les lèvres.

— Je n'ai jamais prétendu non plus que ça serait un délice. Alors, comment te sens-tu ?

— Bien, je crois, murmura-t-elle tandis que la fourrure disparaissait de son visage et que ses traits reprenaient leur apparence humaine. Sauf que c'est bizarre comme sensation. On dirait qu'on me masse le visage de l'intérieur.

— J'y crois pas ! s'écria Cally. Ça marche !

— Évidemment ! se rengorgea Xander. Mais vaut mieux pas vous attarder, les filles.

— Je te remercie du fond du cœur, Exo, dit Bette. Je n'oublierai jamais ce que tu as fait pour moi. Viens, Cally.

Au lieu de la suivre, Cally s'approcha de Xander et lui planta un baiser sur la joue.

— Merci pour tout, Exo. T'es un type génial !

Xander resta pétrifié, la bouche ouverte, la main sur sa joue comme si Cally l'avait giflé.

— Orlock, t'es trop naze ! gémit-il quand elle se fut éloignée.

Jules de Laval se lavait les mains dans les toilettes du deuxième sous-sol, le regard rêveur. Exo avait raison. Il n'était pas pour rien la grosse tête de la famille. S'il voulait que Lilith redevienne comme avant, il devait lui faire oublier la Sang-Neuf. Mais comment ? Il se souvint de la réflexion de son cousin sur *Cosmo.* Sa mère était abonnée, elle aussi. Il avait encore le temps d'appeler un de ses serviteurs pour lui demander de feuilleter le magazine à la recherche d'une idée de soirée.

Pressé de mettre son plan à exécution, il sortit des toilettes en trombe et fut percuté violemment par quelqu'un qui courait dans le couloir. Prêt à traiter le maladroit de tous les noms, il s'aperçut avec stupeur qu'il s'agissait d'une élève de Bathory !

Il en resta muet de surprise, non seulement parce que son école était interdite aux filles, mais encore parce que la jolie nana devant lui n'était autre que la Sang-Neuf du parc. Avec ses yeux verts étincelants, son teint de porcelaine et ses cheveux courts à la coupe étrange, elle offrait l'exact opposé de Lilith et des autres Sang-de-Race sophistiquées qu'il connaissait. Pour couronner le tout, elle était hyper sexy dans sa tenue de gym moulante qui soulignait ses formes parfaites et mettait en valeur ses longues jambes galbées.

Il détourna les yeux et aperçut une autre fille en uniforme de Bathory qui appelait la Sang-Neuf à grand renfort de gestes depuis l'ascenseur tout en empêchant la porte de se refermer.

— Au... au nom de tous les Fondateurs ! réussit-il à bégayer.

Cally mit un doigt sur sa bouche.

— S'il te plaît, ne dis rien ! Si on se fait pincer, ton cousin sera aussi dans le pétrin. On était avec lui quand tu es venu chercher ton bouquin. On s'était planquées.

— Je me doutais qu'il me cachait quelque chose ! Mais je n'aurais jamais imaginé que c'étaient des filles !

Jules s'assura d'un regard circulaire qu'il n'y avait personne dans le couloir et la prit par la main. Au contact de sa peau, il sentit son cœur s'emballer.

— Vite, dis à Bette de nous suivre, chuchota-t-il. L'ascenseur, c'est trop dangereux. Il y a un vieil escalier à l'étage qui descend jusqu'à la grotte. Y a pas beaucoup d'élèves qui le connaissent et personne ne s'en sert.

Cally fit signe à Bette de les rejoindre et Jules les conduisit vers une petite porte en bois avec une poignée de cuivre. Elle s'ouvrit en grinçant, révélant un escalier en colimaçon qui s'enfonçait dans l'obscurité.

Cally adressa un grand sourire à Jules.

— Merci de ton aide. On devrait pouvoir se débrouiller seules maintenant.

Il secoua la tête.

— Je vous accompagne. Je pourrai faire diversion si vous croisez quelqu'un.

La porte se referma derrière eux avec un bruit sourd et ils s'engagèrent dans l'escalier envahi par les toiles d'araignée. Quelques minutes plus tard, ils arrivèrent devant une autre porte étroite.

— Nous allons déboucher dans la grotte, à deux cents mètres de l'entrée du tunnel qui conduit à Ruthven. Je vais vérifier si la voie est libre.

Un instant plus tard, il leur fit signe.

— Encore une fois, merci de nous avoir aidées, murmura Cally. Vous êtes un gentleman, monsieur, ajouta-t-elle avec un sourire charmeur.

— Ça été un plaisir, mademoiselle… ?

— … Cally.

Il s'avança, prit ses mains entre les siennes, inclina le buste et lui effleura les doigts des lèvres.

— Enchanté, mademoiselle Cally.

— C'est réciproque, monsieur, minauda-t-elle en faisant une profonde révérence.

Ravis de leur petit jeu, ils se mirent à rire, mais, en entendant Bette glousser, Cally rougit et retira ses mains précipitamment.

— On ferait mieux d'y aller.

— *Au revoir*, souffla Jules en français.

Il les regarda regagner l'autre côté de la grotte, sous prétexte de s'assurer qu'elles rentraient sans encombre. En réalité, il ne pouvait détacher les yeux de la superbe fille en combinaison-short rouge.

Chapitre 15

À l'époque de sa fondation, l'Académie Bathory ne possédait évidemment pas de cantine. Victor Todd et son système d'approvisionnement en sang avait changé les choses. À présent, une vaste cafétéria, équipée d'un distributeur de sang réfrigéré encastré dans le mur du fond, était désormais réservée aux repas des élèves et de leurs professeurs.

Lilith s'arrêta devant les rangées de clayettes en Inox couvertes de sacs en plastique remplis de sang humain.

— Qu'est-ce que ce sera ce soir, mademoiselle ? lui demanda une serveuse morte-vivante vêtue de blanc.

— Je vais prendre du sang de mon stock privé*, répondit-elle.

— Très bien, mademoiselle.

La serveuse ouvrit une des portes du réfrigérateur, sortit un sac d'un tiroir et le posa sur un plateau. Le dessus du sac était marqué d'un gros « AB » surmonté du logo d'HemoGlobe : une goutte de sang sur un globe terrestre blanc.

Lilith s'assit à la table la plus proche. Moins de deux minutes plus tard, ses amies l'avaient rejointe.

— Visez un peu l'allure d'Annabelle Usher, la bûcheuse ! ricana Carmen avec un signe de tête en direction d'une fille pâle, au visage rond et aux cheveux bruns coupés au carré. À croire qu'elle n'a qu'une jupe et un chemisier à se mettre ! Si les familles des boursières n'ont pas les moyens de les habiller, elles n'ont qu'à pas les envoyer à Bathory. Tiens, justement, s'écria-t-elle en balayant la pièce du regard, où est passée la Sang-Neuf ?

— Tu veux parler de Cally ? demanda Bianca Mortimer, à côté de la plaque comme d'habitude. Je ne l'ai pas revue depuis la leçon de voltige. Pourquoi ? T'as quelque chose à lui dire ?

— Je vous ai pas raconté ! s'esclaffa Lilith. Figurez-vous qu'elle a eu le culot de me faire le coup du « si on faisait la paix ? » l'autre nuit ! Vous pensez si je l'ai envoyée bouler !

— Bravo ! approuva Carmen. On a déjà assez de Demi-Sang et de boursières qui nous pourrissent la vie. On n'a pas besoin d'une sang-de-navet en plus.

— Eh bien, moi, je pense que vous avez tort, intervint Melinda.

Un silence sépulcral s'abattit sur la table et tous les regards se tournèrent vers Lilith.

— Qu'est-ce que t'as dit? demanda celle-ci d'un ton dangereusement calme.

— Qu'on devrait réfléchir avant de s'en faire une ennemie, répondit Melinda. Elle, elle n'a rien d'une fille insignifiante qui ne pense qu'à bosser. Tu as vu de quoi elles est capable?

Lilith plissa les yeux.

— Quoi? Tu veux dire que je devrais la craindre?

Melinda laissa échapper un petit rire nerveux.

— Bien sûr que non, Lilith!

— Ça ne m'étonne pas que tu prennes la défense de cette tarée, Melinda. Tout le monde sait comme tu t'entends bien avec les jumelles Maledetto. Pas étonnant que tu veuilles ajouter la sang-de-navet à ta collection de filles paumées.

— Qu'est-ce que tu insinues, Lilith?

— Oh, arrête, Melly! De toutes les nanas à cette table, tu es la seule à n'être jamais sortie avec un garçon. Je me demande bien pourquoi, hein? Tu es trop fascinée par la nouvelle pour voir la vérité. Elle craint, je t'assure. Je l'ai senti dès que je l'ai vue! J'en ai eu les crocs qui grinçaient!

— Ils grinçaient de jalousie, oui!

— Ha! ha! s'esclaffa Lilith. Et de quoi je serais jalouse? Ce n'est qu'une pauvre nulle infichue de se métamorphoser!

— Tu oublies que la nulle a anéanti à elle seule le Van Helsing qui a abattu Tanith! Aucune d'entre nous ne peut en faire autant, pas même toi. Alors, avant de la traiter de tous les noms, je réfléchirais, à ta place !

Les autres filles retinrent leur souffle dans l'attente de l'explosion inévitable. Mais Lilith repoussa sa chaise et, sans ajouter un mot, se leva et partit à grands pas.

Carmen se tourna vers Melinda, folle furieuse.

— T'es malade de lui parler sur ce ton-là ? Et tout ça pour quoi ? Pour te faire bien voir d'une vulgaire Sang-Neuf !

— T'as vraiment rien compris ! soupira Melinda en secouant la tête. Si tu veux bien m'excuser, je crois que je vais aller finir mon repas avec une véritable amie.

Sur ces mots, elle prit son plateau et alla rejoindre Bella Maledetto, qui mangeait à l'écart, perdue sans sa sœur.

Lilith réfléchissait, perchée sur une corniche à une quinzaine de mètres au-dessus du sol de la grotte, ses jambes remontées contre sa poitrine, le menton sur ses genoux, le regard perdu dans les ténèbres qui l'entouraient. Elle avait besoin de solitude et personne ne viendrait la chercher ici.

Jusqu'à ce jour, grâce à sa beauté, à la richesse de son père et au statut de sa famille, elle n'avait jamais manqué d'amis. Et elle n'avait jamais fait le moindre effort pour les attirer et les conserver.

Des amies ! N'importe quoi ! Melinda, Carmen et les autres ne valaient guère mieux que les petits poissons qui suivent les grands requins blancs pour se nourrir de leurs miettes. Pourtant, elle leur devait sa popularité. Comment saurait-elle qu'elle était belle, désirable et dans le coup si elle n'avait pas son cercle de flatteurs constamment en extase devant elle ? Sans leur adulation, se sentirait-elle exister ?

En moins d'une semaine, elle avait perdu deux amies, et ce par la faute de Cally Mount. Tanith était morte à la suite des fanfaronnades de la Sang-Neuf, et voilà que Melinda la défiait en public en prenant ouvertement la défense de cette garce. Elle aurait aimé gifler cette traîtresse à lui faire tinter les oreilles. Mais à quoi bon ? La véritable menace, c'était Cally, pas Melinda.

À la seule pensée de la Sang-Neuf, elle frémit de répulsion. Ce qui l'exaspérait le plus, c'était que ses amies ne perçoivent pas le *mal* en elle. Même si Carmen et quelques filles ne tarissaient pas de vannes sur elle, Lilith n'était pas dupe : elles ne voulaient pas la contrarier mais aucune ne voyait le danger que Cally représentait, en particulier pour Lilith.

Un bruit de voix la tira de ses réflexions. Elle baissa les yeux et distingua trois silhouettes qui venaient de l'école des garçons. Un garçon en uniforme de Ruthven, une fille en uniforme de Bathory et une autre en tenue de gym.

Le garçon se pencha pour baiser les mains de la fille en short. Avec effroi, elle reconnut Jules. Et les deux filles n'étaient autres que Cally Mount et Bette Maledetto !

Comment la Sang-Neuf osait-elle adresser la parole à Jules ? Jules lui appartenait. Il était à elle, et à personne d'autre !

La fureur la submergea. Et, quand elle vit la Sang-Neuf faire la révérence à son promis, elle dut se retenir de toutes ses forces pour ne pas fondre sur elle et lui arracher les yeux.

Au prix d'un terrible effort, elle reprit ses esprits et réussit à saisir son poudrier en écaille de tortue dans la poche de son blazer.

Elle avait juste besoin de se rassurer, rien de plus. Et de retrouver suffisamment son calme pour aller rejoindre ses camarades le sourire aux lèvres, comme si de rien n'était, même si elle ne pensait qu'à la façon dont elle pourrait attirer Cally à l'écart pour la tuer.

Elle souleva le couvercle du poudrier, impatiente d'admirer son ravissant visage... et se retrouva face à un monstre aux yeux injectés de sang et aux crocs baveux.

Choquée par la vue de ce faciès tordu de haine, Lilith jeta précipitamment le boîtier, qui rebondit le long de la paroi avant de s'écraser en mille morceaux sur le sol rocailleux.

Si son miroir était détruit, le monstre qu'il avait réfléchi était plus vivant que jamais.

Chapitre 16

Ravie d'avoir enfreint le règlement sans se faire prendre, Cally ne regrettait plus que son père l'ait inscrite à Bathory.

Certes, la majorité des élèves et des professeurs ne lèveraient pas le petit doigt pour l'aider, même si sa vie en dépendait, mais elle avait découvert qu'il n'y avait pas que des snobinardes dans le style de Carmen et de Lilith. Ce soir, elle s'était liée d'amitié avec Bette et Exo, et elle avait perçu une attirance plus forte encore chez Jules. Par ailleurs, les enseignants de Bathory étaient bien meilleurs que ceux de Varney Hall. Sa prof de scriberie, Mme Geraint, s'était montrée très encourageante et, sous ses airs bourrus, Mme Knorrig semblait lui porter un intérêt sincère.

Bien qu'elle suive cette scolarité en se faisant passer pour ce qu'elle n'était pas, si elle voulait survivre dans le monde des vampires, il lui fallait en apprendre le plus possible sur la société des Sang-de-Race, leurs pouvoirs, leurs aptitudes, tout comme elle avait dû se familiariser avec les us et coutumes des humains et des Sang-Neuf.

À la fin des cours, elle se dirigea vers son casier. Allait-elle croiser Peter sur le chemin du retour ? Elle avait hâte de lui raconter ce qui s'était passé.

Avec Peter, elle avait enfin trouvé quelqu'un qui savait tout d'elle et ne la jugeait pas. Elle composa le numéro qu'il lui avait donné et ils convinrent de se retrouver au cimetière. Cependant, sa bonne humeur s'envola quand elle découvrit le morceau de parchemin glissé dans la fente d'aération de son casier.

Le message, rédigé en écriture chthonique, disait :

Une fille nous a vus dans la grotte et menace de tout raconter à la directrice si on ne lui donne pas d'argent. Retrouve-moi dans la grotte après l'école.

Bette.

Elle sortit de l'ascenseur et étouffa une exclamation. Le couloir qui conduisait à la grotte était plongé dans un noir total. Tous les becs de gaz étaient éteints. Jamais elle n'avait vu une telle obscurité. Elle se serait crue au plus profond des abysses de l'océan.

Elle laissa à ses yeux le temps de s'accoutumer à la totale absence de lumière et, quand les ténèbres se nuancèrent en différents tons de gris, elle avança à tâtons. Elle entendit alors un bruissement.

— Hou hou ? appela-t-elle à mi-voix. Je suis là. J'ai trouvé ton message.

Seul un battement d'ailes lui répondit. Elle leva le nez pour tenter de repérer d'où venait le bruit. Elle ne distingua que des stalactites qui pendaient du plafond telle une forêt à l'envers.

— Où es-tu ?

— Par ici !

Elle reprit sa route en direction de la voix. Soudain, quelque chose crissa sous ses semelles. Elle baissa les yeux et discerna des débris de verre argenté. Elle s'accroupit pour en ramasser un et sentit alors des ailes lui raser le dos de si près que ses cheveux se dressèrent sur sa tête. Elle se retourna d'un bond, le cœur tambourinant.

— Qui est là ? cria-t-elle. Répondez !

Un rire cruel retentit, nulle part et partout à la fois. Cally maudit sa naïveté. Même si l'école était réputée zone de non-représailles, elle aurait dû réfléchir avant de foncer tête baissée dans ce piège.

Tout à coup, une créature velue à face de démon fondit sur elle et la percuta avec la violence d'une automobile.

Tandis que Cally roulait sur le sol, l'air vacilla autour de l'énorme chauve-souris et Lilith apparut.

— Il est à moi ! À moi et à personne d'autre, sale petite garce ! hurla-t-elle en attrapant Cally par les cheveux.

D'un coup sec, elle la redressa sur ses pieds et Cally poussa un cri de douleur.

— Personne ne m'a jamais rien pris sans le regretter amèrement !

— T'es complètement cinglée, lâche-moi ! gronda Cally en lui décochant un coup de poing dans l'estomac.

Lilith recula, pliée en deux, ses yeux scintillant dans l'obscurité.

— Je vais te tuer, Sang-Neuf. Je vais étaler tes tripes jusqu'à Broadway !

— Non, mais t'es vraiment malade !

Lilith poussa un rugissement en guise de réponse et se jeta de nouveau sur elle, les crocs sortis. Cally l'esquiva et abattit de toutes ses forces son coude sur le dos de Lilith. Celle-ci tomba à genoux, sonnée. Cally en profita pour lui envoyer son pied dans les côtes.

— C'est pas moi qui ai commencé, mais je vais pas me gêner pour t'achever !

Au moment où Cally s'apprêtait à lui porter le coup de grâce, le corps de Lilith se contorsionna, et un loup féroce se matérialisa. Cally n'eut que le temps de sauter en arrière pour échapper à la morsure mortelle du monstre aux canines aiguisées comme des rasoirs.

Un éclair déchira brusquement l'obscurité. Lilith jappa de peur et se tapit à la vue de l'étrange lueur violette qui montait de la main droite de la Sang-Neuf.

— Recule ou je te grille ! tonna Cally en brandissant sa main comme une torche.

Des langues d'énergie dansaient au bout de ses doigts telles des flammes sur un chandelier.

Lilith détala à quatre pattes vers le mur le plus proche, reprit sa forme humaine et l'escalada avec l'agilité d'un lézard. À mi-hauteur, elle tourna la tête à cent quatre-vingts degrés et cracha sur son adversaire.

— Tu ne redoutes pas la réaction de Mme Nerezza quand elle apprendra ça ? lança Cally.

— Comme si j'avais à craindre quoi que ce soit de cette grosse vache ! Je descends en ligne directe de la fondatrice de cette école et ma famille est son plus gros donateur ! Je peux faire ce que je veux à Bathory ! Et je veux ta peau, Sang-Neuf !

Ses traits devinrent flous et elle se retransforma en une chauve-souris monstrueuse. Elle s'élança dans le vide et déploya ses ailes. Cally baissa la tête. Trop tard ! Une serre acérée lui lacéra le dos. Elle se palpa l'épaule et constata que sa main était couverte de sang.

— Une fois de plus, c'est moi qui verse le sang la première ! jubila Lilith d'une voix aiguë. Admets-le, sang-de-navet. Tu ne fais pas le poids face à moi !

Cally plongea derrière une stalagmite alors que Lilith fonçait de nouveau sur elle, ses serres tendues en avant comme un train d'atterrissage. Cally leva la main, et un éclair jaillit de sa paume. Avec un cri strident, Lilith l'évita et reprit de l'altitude avant de disparaître dans les hauteurs de la grotte. Cally scruta fébrilement le plafond de la cathédrale de pierre.

Elle se trouvait en mauvaise posture, l'une et l'autre le savaient. Même si les deux filles étaient de force égale dans les combats au corps-à-corps, Cally ne pouvait pas rivaliser avec Lilith pour se transformer ou pour voler. En fait, sa seule arme était la foudre. Hélas, elle avait raté son premier tir et il lui faudrait du temps et de la concentration avant de pouvoir en effectuer un second. Pourvu que Lilith ne s'en doute pas et continue à garder ses distances ! Quitter la grotte était son unique chance de survie.

Rassemblant son courage, Cally slaloma à toute vitesse entre les stalagmites et les colonnes. Tout à coup, un cri horrible retentit des profondeurs de la grotte, pareil à celui d'une âme damnée précipitée dans les flammes. Elle jeta un coup d'œil derrière elle : Lilith, les yeux brûlants de haine, les griffes tendues en avant, se ruait sur elle.

Comprenant qu'elle allait mourir si Lilith réussissait à la plaquer au sol, Cally fit volte-face et sauta aussi haut qu'elle put pour rencontrer son adversaire en plein vol. Jetant ses bras en avant dans une parodie d'étreinte, elle rabattit les ailes de Lilith contre son corps et toutes deux chutèrent ensemble comme des pierres.

Incapable de produire un éclair pour se défendre, Cally essaya désespérément d'échapper aux crocs et aux griffes de Lilith tandis qu'elles roulaient sur le sol rocailleux de la grotte. La sentant faiblir, Lilith la mordit à l'épaule et la secoua comme un terrier s'acharnant sur un rat. Cally hurla de douleur.

Soudain, Lilith lâcha prise. Malgré la souffrance qui l'aveuglait, Cally vit la stupeur et l'horreur se peindre dans ses petits yeux globuleux de chauve-souris.

Ce n'était pas le moment de se poser des questions. Réunissant ses dernières forces, Cally profita de cette aubaine pour lui lancer une décharge électrique qui la terrassa enfin. Cally se releva et s'approcha de son adversaire, qui gémissait. De petites fumeroles montaient de son pelage calciné.

— Vas-y ! Qu'est-ce que t'attends ! cracha Lilith.

Sa fourrure cédait la place à des cheveux blonds et à une peau au hâle parfait.

Cally considéra son poing droit chargé d'électricité, puis Lilith. Elle prit une profonde inspiration et ferma les yeux. Tout s'éteignit.

— Non, Lilith. Crois-le ou non, je n'ai aucune envie de te tuer.

— C'est n'importe quoi ! Arrête de jouer avec moi et achève-moi !

— Dramatise pas ! J'essaie juste d'être gentille et je me demande pourquoi je me donne tant de mal !

— Fais pas semblant de ne pas savoir pourquoi je t'ai attaquée, sale hypocrite ! Je t'avais prévenue de ce qui t'attendait si tu t'approchais de ce qui m'appartient ! Je t'ai vue avec Jules tout à l'heure ! Tu veux me le voler, hein ?

Comme tu m'as piqué mes amies ! C'est pour ça que tu m'as suivie dans cette école, hein ? Pour me voler tout ce qui m'appartient !

— Holà ! Tu te calmes ! Écoute, Lilith, c'est vrai que les apparences sont trompeuses, mais il y a une explication toute simple. Ton petit copain ne m'intéresse pas et je ne l'intéresse pas...

— Tu m'étonnes !

— Pose-lui la question. Il te dira la vérité.

— Bien sûr. C'est mon promis. Jamais il ne me mentirait !

— J'en suis la première ravie. Quant aux raisons de ma présence à Bathory... Je suis les cours de cette école uniquement parce que mon père a menacé de nous couper les vivres si je refusais.

— Ton père ? répéta Lilith en plissant les yeux.

— Ne me demande pas pourquoi il y tient tant, soupira Cally. Je ne l'ai jamais vu, je ne sais même pas comment il s'appelle. J'ai compris qu'on ne serait jamais amies, mais on n'est pas forcées de s'entretuer à cause d'un malentendu.

Lilith fixa le sol un long moment en silence avant de relever les yeux vers elle.

— Est-ce que tu vas raconter à la directrice ce qui vient de se passer ?

— Non. À une condition : que tu ne dises à personne que tu m'as vue sortir de Ruthven.

— D'accord.

— Je vais t'aider à te mettre debout.

— *Ne me touche pas!* hurla Lilith en repoussant brutalement la main qu'elle lui tendait. Je peux toujours pas te sentir, Sang-Neuf, et je te fais encore moins confiance! Mon avertissement est toujours d'actualité. Ne t'approche pas de moi, ni de mes amis! Et, si jamais je te revois parler à Jules, je te transforme en charpie!

Sur ces mots, des ailes apparurent à la place de ses bras et elle disparut dans l'obscurité. Cally attendit d'être sûre qu'elle était vraiment partie pour se diriger vers l'ascenseur.

Chapitre 17

Cally sortit de l'école et se dirigea vers la station de la 86e Rue, impatiente d'arriver à Williamsburg et de retrouver la chaleur des bras de Peter. Elle avait plein de choses à lui raconter… quoique, à la réflexion, elle ferait mieux d'omettre le passage où Jules lui avait effleuré les mains des lèvres. Et surtout le fait qu'elle s'était demandé ce qu'elle aurait ressenti s'il l'avait embrassée sur la bouche…

Elle était perdue dans ses pensées lorsqu'une longue limousine noire s'arrêta à sa hauteur. Elle leva les yeux au ciel. Décidément, il ne lui manquait plus que de se faire draguer par un vieux dégoûtant!

Elle entendit un petit ronronnement électrique tandis que la vitre du passager s'abaissait, révélant un homme aux tempes grisonnantes portant des lunettes de soleil et vêtu d'un costume Armani. Cally sentit l'odeur de cigare cubain et d'excellent bourbon qui émanait de lui telle une luxueuse eau de toilette.

— Voulez-vous que je vous ramène chez vous, mademoiselle Mount ? demanda-t-il.

— Allez vous faire voir ! s'écria-t-elle avant de cligner brusquement des yeux de surprise. Hé, attendez une minute ! Comment connaissez-vous mon nom ?

En réponse à sa question, Bette et Bella Maledetto apparurent derrière la fenêtre.

— Salut, Cally !

— Bonsoir, Cally !

— Oh, je suis désolée ! J'ignorais que vous étiez le père de Bella et Bette !

— Ce n'est pas grave, mon enfant, gloussa M. Maledetto. Mon offre tient toujours.

— C'est très gentil, monsieur. Mais j'allais prendre le métro…

— Quoi ! Une charmante fille comme vous dans le métro à cette heure de la nuit ! Je n'ose imaginer ce qui pourrait vous arriver ! Je vous en prie, permettez-moi de vous raccompagner chez vous, continua-t-il en lui faisant signe de monter. J'insiste.

Cally obéit et prit place sur la banquette en face de lui et de ses filles.

— Bette a raconté à papa ce que tu as fait pour elle à l'école, déclara Bella.

— Et tu as eu raison, ma chérie, la félicita son père

en tapotant la main de Bette. Mademoiselle Mount, j'aimerais vous remercier. Votre intervention témoigne d'une remarquable force de caractère. Une qualité rare chez les jeunes d'aujourd'hui, du moins dans ce pays.

— Merci, monsieur.

— Je vous en prie, appelez-moi Vinnie ! dit-il avec un sourire.

— Vous êtes Vinnie Maledetto ! s'exclama Cally, ayant soudain la réponse à la question qu'elle s'était posée quand Bette lui avait dit que les autres filles les craignaient, sa sœur et elle.

Elle comprenait subitement pourquoi. Leur père était le chef incontesté de la Strega*, l'une des plus anciennes et des plus prospères sociétés secrètes du monde.

— En effet ! s'esclaffa-t-il. Les Maledetto font grand cas de leurs amis, surtout ceux qui ont le sens de l'honneur et de la loyauté. Par conséquent, à partir d'aujourd'hui, un de mes chauffeurs viendra vous prendre à votre domicile pour vous conduire à l'école et vous ramènera chez vous.

— Mais rien ne vous y oblige ! protesta Cally.

— C'est la moindre des choses ! affirma-t-il en balayant son objection d'un revers de la main. À la vérité, même si vous n'aviez pas tiré ma fille de ce mauvais pas, j'aurais cherché à vous rencontrer, ma chère enfant. Voyez-vous, une connaissance commune m'a confié des détails très intéressants à votre sujet.

Cally fronça les sourcils.

— Qui ça ?

— Mme Knorrig.

— Mme Knorrig vous a parlé de moi ? murmura Cally, de plus en plus perplexe.

— Elle et moi avons un petit arrangement. Elle me signale toujours les élèves qui ont du potentiel. Et vous avez le don de jeter la foudre, n'est-ce pas ?

— Oui, monsieur.

— C'est un don peu répandu. De nos jours, la plupart des vampires parviennent à peine à produire du brouillard. L'une des dernières à en avoir été capable était Morella Karnstein. Vous le saviez ?

Cally revit le portrait de la femme rousse aux yeux envoûtants, celle dont Lilith prétendait descendre.

— Non, monsieur, avoua-t-elle.

— Si je vous dis cela, c'est parce qu'il y a longtemps que j'ai une dent contre Victor Todd. Tout comme sa fille semble en avoir une contre vous, ajouta-t-il en désignant ses vêtements tachés de sang.

— Comment avez-vous deviné qu'elle m'a attaquée ? s'étonna Cally.

— J'ai reconnu son odeur sur vous. Quand vous aurez vécu aussi longtemps que moi, mon enfant, vous saurez reconnaître l'odeur du sang de votre ennemi.

Cally allait lui dire qu'il se trompait, que ce n'était pas le sang de Lilith, puis elle se ravisa. Elle avait l'impression que Vinnie Maledetto n'était pas le genre d'homme qu'on pouvait contredire.

— Mais, avant d'aller plus loin, je veux qu'une chose soit bien claire, poursuivit-il en approchant son visage à quelques centimètres du sien et en baissant ses lunettes sur le bout de son nez, révélant des yeux noirs comme des olives. Qu'il soit neuf ou de race, le sang reste du sang, n'ai-je pas raison ?

— Si, monsieur, répondit-elle sans se démonter.

— Vous me plaisez, Cally, conclut-il avant de se renfoncer dans son siège et de prendre un havane. Si vous choisissez bien vos amis, vous irez loin. Surtout si vos amis sont les ennemis du père de votre ennemie…

Jules venait de consulter sa montre lorsque la sonnette de la porte annonça l'arrivée de Lilith. Il fut surpris de la voir encore en uniforme. Lilith se changeait toujours avant de faire quoi que ce soit.

— Où étais-tu passée ? Je commençais à m'inquiéter.

— J'ai eu un problème. J'ai été retenue à l'école.

— Et ça c'est arrangé ?

— Pas vraiment. Mais pourquoi voulais-tu me voir ? Je croyais qu'on devait sortir.

— Eh bien, mes parents sont partis et j'ai pensé qu'on pourrait rester tranquillement à la maison. Ça fait longtemps que ça ne nous est pas arrivé.

— Oui, c'est une bonne idée, acquiesça-t-elle docilement.

— Lili, qu'est-ce qui te tracasse ? Tu as toujours de la peine pour Tanith ?

— Non, c'est fini, reconnut-elle.

— Tant mieux, dit-il en poussant un soupir de soulagement.

— Jules, reprit-elle en le scrutant, je t'ai vu avec Cally et Bette dans la grotte, cette nuit.

— Moi ? s'affola-t-il.

— Jules, tu lui as baisé la main ! Comment as-tu pu faire une chose pareille ? gémit-elle, au bord des larmes. Tu sais pourtant que je la déteste !

Le visage impassible, il chercha comment se tirer d'affaire. Au moins, elle ne hurlait pas. Lilith était incontrôlable quand elle se mettait en colère. Si elle geignait, c'était qu'elle se sentait en état d'infériorité.

— Lilith, je voulais juste aider Exo. Même si Vinnie Maledetto et ton père se détestent, je ne suis pas stupide au point d'offenser une de ses filles. En plus, je n'ai pas embrassé Bette – ni sur la main ni ailleurs !

— Non, pas elle ! La Sang-Neuf !

— Qu'est-ce que c'est que cette histoire ?

— Ne me dis pas que tu ne l'as pas reconnue ! s'exclama Lilith.

— Je l'ai à peine aperçue dans le parc. J'étais bien trop préoccupé par le Van Helsing.

— Elle te plaît, n'est-ce pas ? J'ai vu comment tu la regardais quand tu croyais que personne ne te voyait, l'accusa-t-elle.

Il secoua la tête en riant.

— Lili, tu n'as absolument aucune raison d'être jalouse ! Je voulais me montrer poli, c'est tout. Et, si j'étais avec elle, c'était pour rendre service à Exo.

— Alors elle ne te plaît pas ? s'écria Lilith, rassérénée.

— Bien sûr que non ! mentit-il. En plus, je crois qu'Exo en pince pour elle.

— Exo et Cally ? gloussa-t-elle malgré elle en les imaginant ensemble.

Jules écarta une mèche de cheveux de son visage et l'embrassa sur le front.

— Toi et ton imagination délirante ! Tu te fais toujours un tas de films. Voilà pourquoi j'ai pensé que nous devions nous relaxer, pour une fois. As-tu confiance en moi, Lilith ?

Elle plongea ses yeux dans les siens et sourit.

— Bien sûr.

Il tira de sa poche un des mouchoirs en soie noire de son père.

— Tourne-toi, que je te bande les yeux.

— Qu'est-ce qui me prouve que tu ne vas pas me bâillonner et abuser de moi ?

— Comme je viens de le dire, c'est une question de confiance.

— Remarque, ça ne me dérangerait pas.

— Je reconnais bien là ma Lili. Maintenant, donne-moi la main.

— Où tu m'emmènes ?

— C'est une surprise.

— Quel genre de surprise ?

— Si je te le disais, il n'y en aurait plus, n'est-ce pas ? Oups ! Attention. Y a une marche. Encore une autre…

— Jules, c'est idiot ! protesta-t-elle en se battant avec le nœud du bandeau. Laisse-moi enlever ce machin.

— Je te l'interdis ! Il faut apprendre à te détendre, Lilith.

Quelques marches et quelques tendres baisers plus tard, ils atteignirent l'étage supérieur.

— Je peux regarder ?

— Une seconde.

Elle l'entendit ouvrir un rideau et faire coulisser une porte-fenêtre. Puis il lui retira son bandeau et s'écarta. Elle aperçut la terrasse illuminée par des centaines de bougies.

— C'est magnifique ! s'extasia-t-elle.

— J'ai une autre surprise.

D'un geste plein de panache, il lui tendit un écrin bleu marine de chez De Beers.

Lilith dénoua le ruban rouge et souleva lentement le couvercle de la boîte. Elle découvrit une chaîne en or blanc avec un pendentif en forme de cœur incrusté de diamants noirs et blancs.

— Oh, Jules, c'est magnifique !

— Elle te plaît ?

— Je l'adore ! Aide-moi à la mettre !

Elle souleva ses cheveux de soie et inclina la tête. Dès qu'il eut attaché le fermoir, elle se retourna vers lui et plongea son regard dans ses yeux verts de chat.

— Comment tu me trouves ?

— Splendide ! s'exclama-t-il en lui caressant tendrement la joue.

Soudain, le sourire de Lilith s'évanouit, comme une flamme soufflée par un courant d'air.

— Ma question va te paraître bizarre... Si nos familles ne nous avaient pas promis l'un à l'autre, est-ce que tu m'aurais choisie ?

— Bien sûr ! répondit-il d'un ton qui semblait convaincu.

— Et si ton père te disait que le contrat de mariage est annulé ? Que tu es promis à une autre ? Tu lui obéirais ou tu resterais avec moi, quitte à renoncer à ta saigneurie ?

— Quelle idée ! Autant me demander si on resterait ensemble si je ressemblais à Exo et si tu pesais cent cinquante kilos.

— Oh, tu as raison ! Tu sais, Tanith m'a dit un jour que j'avais de la chance d'être ta promise. Je croyais qu'elle faisait allusion à ton physique, mais je comprends maintenant que ce n'était pas que de ça qu'elle parlait.

Jules prit ses mains dans les siennes et les porta à ses lèvres pour les embrasser comme il avait embrassé celles de Cally.

— J'ai un cocktail d'AB négatif au bourbon qui chauffe dans la cuisine.

— Hum ! Mon préféré.

— J'aime tant te faire plaisir. Si tu profitais de la vue pendant que je vais nous préparer à boire ? Je reviens tout de suite.

Lilith s'approcha du bord de la terrasse et contempla les flèches et les canyons de béton étalés à ses pieds. Le vent venu du fleuve joua doucement dans ses cheveux et les fit tournoyer autour de son visage comme une toile d'araignée tissée d'or. Elle regarda le pendentif en diamants et le serra entre ses doigts d'un geste possessif.

À la seconde même où elle avait croisé le chemin de la Sang-Neuf, elle avait éprouvé pour elle une haine profonde. D'habitude, elle ne prenait en grippe que les gens qui l'ennuyaient ou qui refusaient de se plier à ses caprices. L'animosité qu'elle ressentait envers Cally était suscitée par un sentiment beaucoup plus viscéral : la peur.

Au début, elle n'avait pas compris pourquoi, toute jeteuse de foudre qu'elle était, cette vulgaire Sang-Neuf l'impressionnait à ce point. Depuis leur combat dans la grotte, elle connaissait la réponse, et cela ne la rassurait pas.

Comme tous les vampires, elle pouvait identifier le sang d'un membre de sa famille simplement à son goût. Au moment où celui de Cally avait empli sa bouche, elle avait eu un tel choc qu'elle avait baissé sa garde, ce qui avait permis à son adversaire de prendre le dessus. Elle s'était vraiment attendue à ce que Cally la tue. Et, quand celle-ci lui avait laissé la vie sauve, Lilith en avait déduit qu'elle ne se doutait de rien.

Son père aimait les maximes, notamment celle-ci : « Savoir, c'est pouvoir. » Aujourd'hui seulement, elle en appréciait la pertinence. Elle n'avait aucune intention de dire la vérité à Cally, ni de laisser deviner à son père qu'elle l'avait percé à jour. Elle se servirait de ses secrets contre lui, comme il avait eu l'intention de les utiliser contre elle. Elle devrait désormais se montrer plus prudente. Pas question de dévoiler son jeu tant qu'elle ne saurait pas ce qu'il manigançait.

Alors qu'elle regardait les lumières de la ville, elle prit soudain conscience de son nouveau pouvoir. Le moment venu, elle passerait à l'action sans la moindre pitié.

Le contrat de mariage que Victor Todd avait signé avec la famille de Jules était très simple. Tout ce qu'il exigeait, c'était qu'un fils Laval épouse une fille Todd. Et, comme il n'y avait qu'un fils d'un côté et une fille de l'autre, jamais le moindre doute n'avait plané sur leur destinée.

Or, par un coup de théâtre, une seconde fille Todd apparaissait.

Depuis sa plus tendre enfance, Lilith rêvait du jour où elle se métamorphoserait en princesse. Être colossalement riche était une chose, mais appartenir à l'aristocratie Sang-de-Race vous donnait le pouvoir suprême. Une fois mariée à Jules, elle régnerait sur New York. Et elle n'avait pas attendu toutes ces années pour qu'on gâche la fin de son conte de fées.

Entendant Jules revenir, elle redressa la tête avec défi. Elle vivrait heureuse, à jamais, et malheur à celui qui se mettrait en travers de son chemin… fût-il le Prince Charmant !

Lexique

Asservi : être humain vivant, contrôlé mentalement par un vampire. Les asservis ne sont pas toujours conscients de leur condition. On en trouve à tous les échelons de la société, des simples serviteurs, nécessaires aux activités journalières, aux politiciens, chefs d'État, hommes d'Église et financiers.

Bûcheur, bûcheuse : quelqu'un d'abominablement travailleur, genre intello ou matheux.

Caillots : terme insultant pour désigner les humains.

Caveau : lieu où l'on retient captifs des donneurs. En argot, le terme désigne les banques de sang privées.

Chasser : traîner dans les endroits mal famés pour s'amuser à saigner ou à terroriser des humains.

Chthonique, ou écriture chthonique: langue écrite rapportée de l'enfer par les Fondateurs de la race vampire.

Demi-frères et demi-sœurs: comme chez les humains, les vampires possédant un parent commun sont demi-frères ou demi-sœurs. Étant donné la forte mortalité infantile et les risques de décès au cours de l'accouchement, il arrive souvent que les vampires aient plusieurs épouses dans leur vie. On rencontre ainsi fréquemment des demi-frères et sœurs qui ont des dizaines d'années d'écart.

Demi-Sang: vampire né d'un mariage mixte entre un Sang-de-Race et un Sang-Neuf.

Dépossédés: nom donné aux vampires qu'on a dépouillés de leur saigneurie. Ils ont le choix entre devenir vassal de l'usurpateur, repartir de zéro en qualité de Sang-Neuf ou devenir enseignant dans une école privée.

Donneur: humain maintenu en captivité auquel on prélève régulièrement du sang selon des méthodes modernes assez proches de la traite des vaches.

Fondateurs: vénérés par leurs descendants à l'égal de demi-dieux, ce sont les treize fondateurs de la race vampire moderne. Il y a vingt mille ans, un sorcier ramena de l'enfer une centaine de démons aux allures de chauves-souris. À sa mort, prisonniers de notre univers, ils se livrèrent des combats fratricides, chacun voulant devenir le maître du monde des mortels. Quand il n'en resta plus que treize, ils conclurent une trêve, s'éparpillèrent autour du globe et engendrèrent la race des vampires.

Griffe de scribe : morceau de bois, ou parfois de pierre, sculpté en forme de griffe, censé représenter les serres de leurs ancêtres, avec lequel les vampires écrivent le chthonique.

Hybride : produit d'une union entre un humain et un vampire. Les vampires se méfient des hybrides, car les chasseurs professionnels de sorciers et de vampires les retournent souvent contre eux, l'exemple le plus révoltant étant l'infâme Pieter Van Helsing.

Jeteur, jeteuse de foudre : Sang-Pur capable de déclencher des éclairs, des tempêtes de neige, des tornades et autres cataclysmes. Alors que tous les vampires possèdent ce pouvoir, rares sont ceux qui parviennent à produire plus que du brouillard ou qu'une petite bruine.

Langue Pure : langage à ultrasons parlé à l'origine par les Fondateurs.

Laquais : vampire de peu de pouvoir qui se lie à un vampire plus puissant dans l'espoir d'être protégé. À l'inverse des dépossédés, les laquais n'ont pas été dépouillés de leur saigneurie, mais choisissent librement de servir un seigneur.

Lié : être lié équivaut à être marié chez les humains. Les couples de vampires sont liés relativement jeunes, bien que leur période optimale de reproduction se situe entre 100 et 350 ans. L'accouchement représente un gros risque pour les femmes vampires ; nombre d'entre elles meurent en couches. Les naissances multiples sont rares et très peu de femmes donnent naissance à plus de deux enfants. Bien sûr, la plupart des hommes vampires se remarient et ont d'autres enfants après le décès de leur épouse. Les mariages des Sang-de-Race sont organisés entre les chefs des familles afin de consolider leur pouvoir.

Morts-vivants : humains tués par la morsure d'un vampire puis ramenés à la vie. Bien qu'ils ne soient plus tout à fait humains, ce ne sont pas non plus des vampires. Contrairement à leurs maîtres, ils ne peuvent pas se métamorphoser ni voler. Et, surtout, ils ne peuvent pas se reproduire en mordant des humains. Cependant, ils sont immortels, bien qu'ils soient immédiatement réduits en cendres s'ils s'exposent à la lumière du soleil. Les morts-vivants sont indispensables à la vie quotidienne des vampires, car ce sont eux qui effectuent les tâches interdites aux Sang-Pur telles que la lessive, les courses, le ménage, le jardinage, les comptes, l'éducation des enfants, etc. Ils sont d'une fidélité absolue à leurs maîtres, car, si le vampire qui les contrôle se fait tuer, ils meurent eux aussi. Les familles de vampires qui ont acquis de nombreux morts-vivants au fil des siècles ont appris à stocker leur excédent, en le plaçant en état d'hibernation jusqu'au jour où ils en ont besoin. Un vampire très riche qui n'a pas beaucoup de serviteurs morts-vivants est inférieur sur le plan social à un pauvre qui en possède beaucoup. Les vampires prennent grand soin de leurs morts-vivants et ceux qui les négligent sont passibles de peines sévères.

Néga : abréviation familière pour désigner du sang de groupe négatif.

Novice : jeune vampire qui n'a pas encore atteint l'âge adulte. En principe, il cesse de l'être entre vingt et un et vingt-cinq ans, quand il devient capable de créer un mort-vivant.

Planter (se faire) : se faire tuer par des chasseurs de vampires, en argot.

Posi : abréviation familière pour désigner du sang de groupe positif.

Promis : dans la bonne société vampire, être promis équivaut à être fiancé. Les enfants vampires sont promis les uns aux autres par leurs aînés, qui établissent en général un contrat d'union précisant le nombre d'enfants des deux familles qui devront se marier entre eux. Cependant, les familles de Sang-Neuf brisent souvent cette tradition pour laisser leurs enfants faire ce qu'on appelle des mariages d'amour.

Rouge : sang, en argot.

Saigner : boire le sang à même la veine, en argot.

Saigneurie : pouvoir absolu sur les morts-vivants créés par une lignée. À l'approche de la mort, le chef d'une famille de vampires transmet ce pouvoir à une personne de son choix. Pour entrer dans son héritage, celle-ci doit vider le patriarche ou la matriarche de son sang juste avant qu'il ou elle expire, réduisant ainsi son corps en cendres. Certaines saigneuries remontent aux Sumériens. C'est ainsi qu'un vampire à peine âgé d'une centaine d'années (voire plus jeune) peut se retrouver à la tête de légions de morts-vivants. Le légataire hérite également de tous les humains qui se trouvaient sous le contrôle mental du testateur. Cependant, à la suite d'un combat singulier entre vampires, le perdant se voit dépossédé de ce pouvoir. La saigneurie permet également d'accroître d'autres pouvoirs.

Sang-Déchu : vampires jugés inférieurs et/ou incapables d'assumer la saigneurie de leur famille. Quand il y a plusieurs enfants, le chef de famille doit choisir le plus à même de lui succéder. Sont estimées en priorité l'agressivité, la force physique et la résistance, avant les divers pouvoirs surnaturels. Le descendant jugé le plus fort, et donc le plus apte à défendre la saigneurie contre les usurpateurs, est désigné comme héritier et les autres sont relégués au rang de Sang-Déchu. Les frères et sœurs Sang-Déchu doivent toujours soutenir l'héritier choisi. Il leur est interdit de se marier et de se reproduire (du moins avec un autre vampire). Et, au moment de mourir, ils doivent remettre leur saigneurie ainsi que tous les morts-vivants et les biens qu'ils ont pu accumuler au fil des siècles à ce frère plus fort ou à ses héritiers. Cet usage ne s'applique pas dans le cas où l'héritier désigné disparaît sans avoir eu le temps de transmettre sa saigneurie ou lorsque les familles souhaitent sceller des liens en mariant un ou une de leurs Sang-Déchu à l'héritier ou l'héritière d'une autre famille.

Sang-de-navet : surnom donné aux Sang-Neuf par les Sang-de-Race.

Sang-de-Race : vampires de longue lignée qui ont su conserver leurs saigneuries, dont certaines remontent aux premiers démons. Les Sang-de-Race commandent d'immenses légions de serviteurs morts-vivants et possèdent des pouvoirs multiples. Ils peuvent ainsi jeter la foudre, charmer les animaux, se métamorphoser, contrôler les esprits, jeter des sorts et confectionner des potions magiques.

Sang-Neuf : descendants des vampires dépossédés de leurs saigneuries et qui ont choisi de repartir de zéro. Bien que leurs pouvoirs soient affaiblis, les Sang-Neuf ne sont pas forcément pauvres, il y en a même d'extrêmement riches. Contrairement aux Sang-de-Race, il leur manque le pouvoir que confèrent une saigneurie et un patrimoine remontant à plusieurs millénaires.

Sang-Pur : terme employé par les vampires pour se distinguer des morts-vivants. Il désigne tous ceux qui sont nés de parents vampires, Sang-Neuf ou Sang-de-Race. Bien qu'immunisés contre toutes les maladies des humains et capables de se régénérer à partir d'une simple tête ou d'un cœur, les Sang-Pur ne sont pas immortels. Ils peuvent vivre jusqu'à huit cents ans s'ils échappent aux tueurs de vampires ou, plus fréquemment, à un vampire rival. Leurs vingt-cinq premières années sont identiques à celles des humains, mais, quand ils atteignent l'âge adulte, ils vieillissent dix fois moins vite qu'eux. Ce passage à l'âge adulte se traduit par l'impossibilité d'être photographié, puis de se refléter dans un miroir, et par le pouvoir de créer des morts-vivants par morsure. La mortalité infantile est encore très élevée chez les vampires et chaque grossesse représente un énorme risque pour la mère. Hélas, malgré les progrès de la médecine, ces problèmes ne semblent pas près d'être résolus.

Sang-rassis : surnom donné par les Sang-Neuf aux Sang-de-Race.

Sang vicié : sang venant d'un humain alcoolique ou drogué.

Scribothèque : bunker souterrain à mi-chemin entre la bibliothèque et la salle d'archives où sont conservés à l'abri des humains tous les documents officiels, les journaux, les généalogies et autres écrits de la race vampire. Désigne également la pièce où les scribes recopient à la main les documents importants.

Stock privé : sang confectionné sur commande selon les goûts d'un client particulier.

Strega : société criminelle surnaturelle dont les origines remontent à la Rome et à la Grèce antiques. Bien que fondée et dirigée par des vampires, la Strega emploie des sorciers, des loups-garous et autres créatures surnaturelles. On prétend que la Strega vend ses services à tous ceux qui sont prêts à en payer le prix, même s'ils sont humains.

Synode : assemblée législative qui veille sur les lois et les rituels des vampires de naissance. Le Synode est présidé par le Lord-Chancelier, qui tranche en dernier recours les conflits entre les familles. C'est également au Lord-Chancelier que revient la tâche de châtier ceux qui enfreignent les lois. Les transgressions les plus graves sont celles qui mettent l'existence de la race en péril, que ce soit volontairement, accidentellement ou par négligence.

Tari : donneur qui ne fournit plus assez de sang.

Totem : forme animale que prend un vampire quand il ou elle se métamorphose. Même si le loup est la forme la plus répandue, ce n'est pas la seule. Selon leurs origines, certains vampires se transforment en félins – panthère, lion, tigre – ou en serpents – python, cobra, anaconda.

Totentanz : l'équivalent de nos funérailles chez les vampires, quoique, en pratique, cela ressemble beaucoup à une veillée mortuaire irlandaise. Au décès d'un vampire, sa famille et ses amis se réunissent pour une grande célébration rituelle où ils festoient, dansent et font la fête pour défier la mort. Le deuil et les pleurs sont interdits. Plus longue est la fête, plus l'hommage rendu au défunt est grand. Autrefois, les totentanz duraient des semaines, voire des mois.

Usurpateur : vampire qui s'empare par la force d'une saigneurie. Bien que certains usurpateurs soient parfois issus de la même famille que leur victime – un jeune frère ou un cousin –, le plus souvent ils n'ont aucun lien avec elle. **Usurper** la saigneurie d'un autre vampire arrive au cours de combats singuliers entre rivaux, lorsque le vainqueur boit le sang du vaincu ou lui arrache le cœur pour le dévorer.

Van Helsing : terme argotique désignant les chasseurs de vampires et en particulier ceux qui travaillent pour l'Institut Van Helsing (IVH).

Vassal : vampire qui s'est fait déposséder de sa saigneurie et qui jure fidélité à son usurpateur ou usurpatrice en échange de sa protection et de l'autorisation de se remarier plus tard dans la lignée qui lui a été volée.

Vendetta : lutte sanglante entre deux individus ou des familles entières. Les vendettas sont souvent le fait de rivaux envieux, de vampires dépossédés cherchant à reconquérir leur saigneurie, d'amoureux éconduits ou d'amis trompés.

Zone de non-représailles : zone où les vendettas sont interdites – les établissements scolaires, par exemple. Les différentes écoles dans lesquelles les vampires envoient leur progéniture sont protégées. Les élèves aussi. On ne peut pas les traquer et ils sont tenus à l'écart des vieilles rivalités entre familles. Mais, dès qu'ils ont terminé leurs études, ou qu'ils les abandonnent, ils perdent cette immunité. L'attaque d'enfants scolarisés par des vampires adultes est sévèrement réprimée par le Synode, l'assemblée législative des vampires.

Cet ouvrage a été imprimé en France par

CPI
BUSSIÈRE

à Saint-Amand-Montrond (Cher)
en avril 2011

Cet ouvrage a été composé par
PCA - 44400 REZÉ

POCKET jeunesse

12, avenue d'Italie
75627 PARIS Cedex 13

— N° d'imp. 110852/1. —
Dépôt légal : avril 2011.